La tumba de Dios

TURNER NOEMA

La tumba
de Dios
(y otras tumbas vacías)

JOSÉ MARÍA HERRERA

T TURNER

Nada hay más alejado del hombre
[que el ayer,
nada más cerca que el día que viene.
Pero uno y otro quedan lejos para el
[hombre escondido
en las entrañas del mundo de los
[muertos.

SEMUEL IBN NAGRELLA

ÍNDICE

INTRODUCCIÓN

L a tumba más antigua de la que tenemos noticia se encuentra en una cueva de la costa de Kenia. Contiene los restos de un niño de tres años que fue depositado allí envuelto en un sudario, con las piernas dobladas contra el pecho, en posición fetal y la cabeza apoyada en lo que debió de ser una especie de almohadón. Aunque no es el primer enterramiento conocido –la arqueología ha descubierto sepulturas de neandertales y sapiens el doble de antiguas–, sí es el primero concebido manifiestamente para cumplir las dos funciones esenciales de la tumba: albergar un cadáver y servir de recuerdo a los allegados. Los restos descubiertos junto a la osamenta del niño resultan, en ese sentido, muy reveladores: quienes lo sepultaron, hace setenta y ocho mil años, pretendían impedir de alguna manera que la muerte lo distanciara definitivamente de ellos.

Los procedimientos empleados para deshacerse de los cadáveres han sido innumerables y variopintos a lo largo de la historia. Desde las torres del silencio persas, donde eran arrojados los difuntos para que los devoraran las aves carroñeras, hasta las prácticas antropofágicas de los pueblos tracios mencionados por Heródoto o los hornos crematorios de los campos nazis, el abanico es amplísimo. Sin embargo, allí donde hay un hilillo de civilización, el muerto constituye siempre algo más que un despojo inservible; se trata de la última manifestación de la persona antes de emigrar hacia la nada; lo que resta de alguien que, cuando pertenece al círculo de los seres queridos, se va causando dolor y dejando un inconsolable sentimiento de pérdida.

El imperativo higiénico y estético de sacar el cadáver del mundo no se corresponde, obviamente, con el punzante anhelo de preservar el recuerdo de la persona desaparecida. A fin de resolver esta contradicción concibieron nuestros antepasados la tumba. Conscientes de que la única relación viable con los muertos es la memoria, buscaron cómo asegurarla, reuniéndolos en ciertos lugares acotados y levantando en ellos espacios de recogimiento y rememoración. El monumento funerario, tanto da si es una pirámide colosal o un exiguo nicho, funciona como recordatorio para supervivientes y futuras generaciones. Su declive actual, la preferencia por la cremación y dispersión posterior de las cenizas, probablemente guarde relación con la abundancia de medios técnicos capaces de recuperar la información sobre las personas, así como con la paulatina destrucción de las estructuras familiares y sociales heredadas de nuestros antepasados. El recuerdo puede mantenerse vivo sin necesidad de materializarlo en una lápida. Los allegados no tienen que ir al cementerio ni necesitan congregarse alrededor de la tumba del ser querido, basta con abrir un álbum de fotos o reproducir un viejo vídeo.

Las tumbas fueron consideradas también durante siglos una puerta al más allá, un más allá que se imaginó al principio muy toscamente, como una prolongación de la realidad, y fue volviéndose con el tiempo más abstracto e indefinible. Los emperadores asiáticos o los faraones egipcios se enterraban con sus riquezas y procuraban que su cuerpo, identificado con lo que se ve en el espejo, llegara lo más intacto posible al reino de los muertos. A medida que se fue perdiendo confianza en la posibilidad de una vida tras la muerte, este género de disposiciones dejó paso a otros más espirituales. Entre la opacidad de las pirámides egipcias y la transparencia de la urna donde yace el cuerpo embalsamado de Lenin, trasunto de los cuerpos incorruptos de los santos católicos, media un abismo. A nosotros, vástagos de una época que perdió la esperanza, nos sorprende esta confianza en la trascendencia. Hoy los muertos suelen llegar al crematorio completamente depauperados. Hasta el último momento se lucha por salvar la vida, una pizca de vida, y en ciertos casos los órganos sanos se trasplantan a otros cuerpos. Las generaciones actuales puede que sean las primeras en cientos de años que no van a dejar nada a los profanadores de tumbas.

Y es que saquear, profanar, ajustar cuentas con los muertos, han sido prácticas habituales desde que hay tumbas. Ningún pueblo se ha librado de ello, aunque, como suele ocurrir desde que el hombre es hombre, tendemos a pensar que tan bárbara costumbre es siempre cosa de los otros. Cioran se burla en sus *Cuadernos* de la afición española de revolver las tumbas y abrir los ataúdes. Ignoro de dónde sacó tal información −el único caso sonado, y seguramente se trata de una leyenda, fue el del rey Carlos II el Hechizado, quien se empeñó en besar el cadáver de sus antepasados sepultados en el monasterio de El Escorial− porque, hasta la guerra de la Independencia, las tumbas aquí eran sagradas. Fueron los revolucionarios franceses quienes se dedicaron a profanarlas por sistema con el pretexto de eliminar cualquier vestigio de la aristocracia y, de paso, porque ser revolucionario implicaba mirar por el porvenir, obtener beneficio: un broche, un anillo, una joya incrustada en la empuñadura de una espada. Es lo que habían hecho primero con las tumbas de sus reyes en la abadía de Saint Denis al grito de "desperdigar la ceniza impura de los tiranos" y, luego, con todas las que fueron hallando a su paso en los países que conquistaron.

Las tumbas de las que nos vamos a ocupar en este libro no contienen restos de ninguna clase: son tumbas vacías, cenotafios o, como las llama Virgilio en la *Eneida*, simulacros de sepulcro, *tumulum inane*. Desde la más remota antigüedad ha habido monumentos funerarios en honor de difuntos cuyos cadáveres jamás aparecieron. Un naufragio, la derrota en una batalla, la imposibilidad de trasladar el cadáver de una región a otra lejana ponían a los deudos en difícil situación, pues no dar sepultura, no abrir una puerta al más allá, tenía consecuencias muy graves. Mientras el alma del fallecido no tomara posesión de su sepulcro deambularía sin sosiego. En Madrid, México o Tokio, en cualquier país del mundo, encontramos monumentos dedicados al soldado desconocido, a los héroes de antiguas guerras, a las víctimas de algún suceso catastrófico; un lugar al que llevar un ramo de flores, con que alimentar el recuerdo o, en circunstancias difíciles en las que la comunidad parece resquebrajarse, despertarlo.

El caso opuesto al anterior es el del cadáver sepultado en una tumba de prestigio bajo nombre equivocado. El más famoso probablemente sea el del apóstol Santiago, pero hay otros muchos curiosos. Algunos arqueólogos actuales están convencidos, por ejemplo, de que el cuerpo que se custodia y venera en la basílica de San Marcos de Venecia no es el del evangelista, sino el de Alejandro Magno, llevado por equivocación a la ciudad lagunar por unos mercaderes desde Alejandría. En el panteón de hombres ilustres de Thingvellir, los islandeses recuerdan a uno de sus poetas nacionales: Jónas Hallgrímsson, fallecido en Copenhague en 1845, cien años antes de que el país lograra la independencia. Cuando las autoridades decidieron repatriar sus huesos para llevarlos al panteón, descubrieron que había sido enterrado entre gente muy pobre y que su tumba carecía de identificación. Los restos trasladados a Islandia podían ser los suyos, pero también los de cualquier otro. Pasado el tiempo se supo que eran los huesos de un carnicero danés. No es que a esas alturas el hecho fuera demasiado relevante, pero se quiso mantener en secreto y acabó conociéndose. Desde entonces, los islandeses prefieren no sepultar a nadie en el panteón. Ya he dicho que las tumbas de las que vamos a ocuparnos aquí están vacías; ahora es preciso añadir, además, que carecen de realidad material, son tumbas literarias, que existen solo en el papel. No son las primeras ni las únicas de esta clase. Hay magníficos precedentes, aunque en otros campos artísticos. En la sección de arquitectura visionaria de la Biblioteca Nacional de Francia puede consultarse, por ejemplo, junto a varios proyectos de construcciones nunca erigidas, el preparado por Étienne-Louis Boullée para el cenotafio de Newton. Piranesi y otros artistas notables de la historia de la arquitectura soñada diseñaron asimismo monumentos funerarios que nunca fueron más allá del papel, pero que preservan el recuerdo de los muertos a los que iban destinados tan bien como si estuvieran hechos de piedra. Igual ocurre en la música. La tumba (*tombeau*) fue un género musical muy utilizado durante el periodo barroco. Compuesta en honor de figuras de gran relevancia social o seres queridos recién fallecidos y caracterizada por su estilo solemne, servía para preservar el recuerdo del difunto y evocarlo cada vez que la pieza fuera interpretada. Un paseo por un cementerio lleno de melancólicas sepulturas no necesariamente tiene que producir en la persona en duelo un efecto más conmovedor.

Mi propósito es parecido: erigir literariamente el monumento funerario de ciertos personajes con los que hemos vivido estrechamente en el curso del tiempo. Que no hayan existido como existimos nosotros es lo de menos. Cuando un cuerpo se introduce en una tumba deja de ser real tanto si existió como si no. En cualquier caso, no pretendo turbar el silencio de los muertos. Mi intención es más bien emular a Ulises cuando, perdido, lleno de dudas, al borde de la desesperación, descendió al Hades en busca de respuestas que le ayudaran a encontrar el camino de vuelta a casa. El mismo cuidado que tuvo él para invocar a Tiresias y Aquiles quiero tener yo para conjurar a esos personajes de la historia humana que me interesan. La principal disparidad entre nosotros, y no es poca, desde luego, es que su ofrenda fue de sangre y la mía es solo de tinta.

Una última palabra. Las tumbas siempre están, por definición, vacías. Lo que queda en ellas, si queda algo, no tiene nada que ver con los seres que enterramos. Los muertos siempre están ausentes, son los ausentes. Un cementerio es un lugar donde reunimos a los que no están, a los que se han ido. Pero la muerte lo iguala todo, hasta el punto de que, una vez tocados por ella, desaparecen las diferencias. Da igual el grado de realidad que antes poseyeran; necrológicamente hablando, Adán, el rey Arturo y Gregor Samsa poseen la misma realidad que Genghis Khan o Stalin. A la hora de la verdad, que es la de la muerte, la inexistencia, contrariamente a lo que pensaban los escolásticos, tal vez no sea una imperfección.

I

LA TUMBA DE ADÁN

El día que Seth, hijo de Adán, vio a su padre enfermo de muerte, se dirigió a toda prisa al paraíso para pedir un poco de aceite del árbol de la vida. Creía, aunque nadie sabe de dónde sacó la idea, que ungiéndolo con él recobraría la salud. El arcángel Miguel, guardián del Edén desde que tuvo lugar la expulsión, le respondió que no se hiciera ilusiones suponiendo que iba a conseguir lo que buscaba, pues estaba escrito que nadie obtendría el óleo del árbol de la vida, también llamado después de la misericordia, hasta que no transcurrieran cinco mil quinientos años, tiempo que, de acuerdo con los cálculos de los expertos en cronología bíblica, faltaba para el nacimiento de Jesús de Nazaret.

Compadecido del muchacho, el arcángel tomó una ramita del árbol de la sabiduría, el mismo cuyo fruto despertó en Adán y Eva la conciencia que los privó de la inmediatez paradisiaca, y le recomendó que lo plantara en el monte Líbano para que, cuando floreciera, sus semillas ayudaran a sanar a su padre. Las cosas, sin embargo, ocurrieron de otra forma, pues al llegar Seth a casa encontró a Adán muerto, por lo que decidió sepultarlo y plantar sobre su sepulcro el tallo recibido.

Como la tierra era entonces muy fértil −una tradición que se remonta a los orígenes del pueblo hebreo sostiene que la planta echó raíces justo en la boca de la calavera del difunto, algo que conecta la fecundidad natural con el poder del lenguaje humano–, la ramita creció hasta convertirse en un gran árbol. Salvo las aves que anidaban en él y los hombres que, agobiados por el calor, se beneficiaban de su sombra, nadie en siglos pensó que se tratara de un árbol especial hasta que el rey Salomón, asombrado con su tamaño y grosor, ordenó que lo cortaran para emplearlo como viga en el palacio que estaba construyendo.

Los criados del monarca obedecieron sin rechistar; pero, a pesar de su buena voluntad, no hubo forma de cumplir la orden: la viga no encajaba en ninguna parte. O bien era demasiado corta o bien demasiado larga. Cuando cortaban un pedazo para ajustarla al lugar donde querían ponerla siempre lo hacían de más o de menos, volviendo a tropezarse con el mismo problema del principio. No sabiendo cómo aprovecharla, se decidieron finalmente por utilizarla como pasarela para salvar un arroyo que discurría allí cerca.

El árbol convertido en puente volvió a dar que hacer el día que la reina de Saba pasó por encima. Regresaba a África tras permanecer varios meses en Jerusalén invitada por Salomón. Los carros que seguían a su séquito iban cargados con multitud de regalos, pero el más importante de todos era el que ella misma portaba, sin saberlo, en su vientre: Menelik, hijo de su anfitrión y futuro rey de Etiopía. Al llegar al arroyo, nada más poner el pie sobre el tronco que servía de pasarela, la reina cayó en trance y, con la mirada perdida, en un estado de completa estupefacción, profetizó que el fin del reino de los judíos llegaría el día en que un inocente fuera ajusticiado con aquel madero.

Enterado Salomón, ordenó retirarlo y soterrarlo a la mayor profundidad posible. Varias generaciones más tarde, cuando se construyó el estanque de Betesda (conocido también como la piscina probática), ya nadie recordaba su existencia y tampoco, por tanto, su ubicación. Nada de particular tiene, por eso, que las milagrosas virtudes curativas de las aguas del estanque no se relacionaran con él, sino que fueran atribuidas a la intervención de un ángel que, adelantándose a las técnicas actuales de depuración e higiene, las saneaba agitándolas periódicamente con las alas.

La viga permaneció oculta durante siglos hasta que, poco antes de la pasión de Cristo, apareció flotando en el estanque. Los judíos, admirados de su calidad y tamaño, la sacaron de allí, dejaron que el sol y el aire la secaran y, cuando llegó la hora de cumplir los oscuros designios de la providencia, la entregaron sin conciencia de lo que estaban haciendo a los carpinteros, que fabricaron el artefacto donde Jesús fue crucificado. Cumplido el objetivo que justifican los hechos narrados, la cruz fue abandonada igual que un objeto maldito.

Aunque la existencia de un número incalculable de fragmentos de la cruz venerados como reliquias pueda llevarnos a suponer que los cristianos hicieron lo imposible por conservarla, su recuperación se produjo siglos más tarde, en tiempos de santa Elena, la madre del emperador Constantino. Las tropas de este habían vencido al ejército de Majencio en la batalla del Puente Milvio, esgrimiendo como estandarte la cruz que el monarca vio en sueños, al tiempo que oía una voz que le exhortaba a servirse de ella asegurándole que "con este símbolo vencerás". Agradecido al dios que le había proporcionado la victoria, el emperador legalizó el cristianismo y más tarde, en el lecho de muerte, tomó la decisión de bautizarse, paso que sellaría definitivamente el destino de los dioses paganos.

Las pesquisas de Elena la llevaron al Gólgota, monte donde Cristo fue crucificado. El problema es que, para evitar que los cristianos convirtieran el lugar en punto de reunión desde el que organizar sus conspiraciones contra la autoridad romana, el emperador Adriano había mandado erigir allí mismo un templo consagrado a Venus. La madre de Constantino no vaciló y ordenó derribar el santuario de la diosa, arar el solar donde se alzaba y excavarlo hasta que fueran halladas las tres cruces mencionadas en los Evangelios. Cuando estas aparecieron, confirmando el relato de la pasión y muerte de Jesús, surgió un inesperado problema: ¿cuál de aquellas cruces fue la que usaron los romanos para crucificar a Cristo? Un milagro resolvió la cuestión, pues, al pasar junto a ella el féretro de cierto muchacho que acababa de fallecer, este resucitó.

Los libros sagrados no son particularmente locuaces hablando de la muerte de Adán y mucho menos del lugar donde fue depositado su cuerpo. Es lógico que sea así. Era la segunda vez que los hombres experimentaban las consecuencias de la maldición divina y nadie en aquel momento estaba preparado todavía para asimilarla. Cuando Abel dejó de respirar a causa de las heridas que le produjo su hermano Caín –primera muerte registrada de la historia de la humanidad–, sus familiares, empezando por sus progenitores, Adán y Eva, debieron de sentirse atónitos. ¿Por qué Abel no se movía?, ¿por qué había dejado de responder a sus preguntas? Gilgamesh, en el poema al que da título, pregunta al cadáver de su amigo Enkidu: "¿Qué sueño te ha arrebatado para que en ti te hayas perdido y ya no me oigas?". Tampoco él había visto nunca un muerto ni sabía qué pasaba con la muerte. Adán y Eva debieron percatarse, sin embargo, de que lo que le había sucedido a su hijo era algo no solo nuevo e insólito, sino terrible y censurable. Las señales de golpes en la cabeza y el reguero de sangre seca sobre los rizados cabellos demostraban que su muerte era fruto de un acto violento. Caín, el primer homicida, dejó además la quijada asesina junto al cadáver. No había que ser un criminólogo moderno para atar cabos y relacionar una cosa con la otra. La destrucción por la fuerza de un organismo es un fenómeno mucho más fácil de entender que el colapso físico provocado por la vejez o la enfermedad. Asimilar que el tiempo desgasta al organismo y que en el interior de este acontecen procesos de degradación que terminan destruyéndolo tuvo que resultar tan arduo para nuestros antepasados como descubrir los factores que intervienen en los procesos de fecundación, generación y nacimiento de las criaturas. Sorprendentemente, la carencia de testimonios acerca del destino del cadáver de Adán no ha impedido localizarlo. En el orbe cristiano se cree que el sepulcro se encuentra en una gruta próxima al Gólgota, la gruta de los tesoros. El fundamento de esta creencia es la suposición de que la muerte de Cristo, salvador de la humanidad, debe estar forzosamente vinculada con la de Adán, cuyo pecado le arrastró a la perdición. El círculo debe cerrarse y el círculo se cierra cuando el final coincide con el principio. Pero no hay que ser un experto hermeneuta bíblico para advertir que el nexo de unión entre Adán y Jesús, de acuerdo con la propia tradición, es la cruz, la madera con que fue hecha o, si se prefiere, la ramita del árbol de la sabiduría, y no el concreto lugar físico del enterramiento. La tesis de que Adán fue sepultado donde dicen los guardianes de la basílica del Santo Sepulcro de Jerusalén carece de todo fundamento histórico o teológico. Aunque allí, en la capilla de Adán, se enseña la hendidura abierta en la roca por el seísmo acaecido al expirar Jesús, esto no prueba nada. No se puede confundir lo simbólico con lo real. Que la cruz de Cristo se represente sostenida en la calavera de Adán es una forma hermosa de plasmar la victoria sobre la muerte que constituye el mensaje esencial del cristianismo, pero, desde luego, no una pista en el mapa físico de la historia sagrada.

Igual de injustificable es la hipótesis, hoy desechada, pero sumamente popular en la Edad Media, de que la sepultura de Adán (y la de Eva) está en Hebrón, donde supuestamente yacen varios patriarcas bíblicos. El motivo de esta tradición es una confusión derivada de una equivocada traducción de la Vulgata, la versión latina de la Biblia. La palabra *adam*, en hebreo sinónimo de hombre en general, se confundió al parecer con Adán, el nombre propio, y esto dio lugar a la creencia de que los judíos construyeron una especie de panteón real donde fueron sepultando a todos sus líderes, desde el padre de la humanidad a Abraham, Isaac o Jacob.

La idea de que Adán sea un miembro conspicuo del pueblo elegido es, obviamente, un disparate. Aquel de quien proceden la totalidad de los seres humanos no puede ser el principio específico de una parte. Lo mismo pasa cuando se pretende que el paraíso estuvo en tal o cual sitio. "Adán, que era vizcaíno", comenzaba una historia universal cuyo autor no recuerdo. La Biblia es precisa en esto: el paraíso es ese lugar al que los seres humanos no pueden volver mientras vivan. Cuando el arcángel expulsó a Adán y Eva, estos se vieron obligados a peregrinar por la Tierra. Si el paraíso fuera un espacio físico, un territorio demarcado, no una situación espiritual –la de la integración plena en la naturaleza surgida de las manos del Creador–, uno podría pensar que, una vez arrojados fuera, los padres de la humanidad prefirieron permanecer cerca, igual que dos exiliados que aguardan a que vuelva a abrirse la frontera del país del que han sido expulsados. Pero el paraíso es otra cosa y no les quedó otro remedio que vagar por la Tierra sin destino. Tenían que ganarse el pan con el sudor de su frente y, por aquel entonces, Dios no había otorgado al hombre el poder de matar y comer animales (esto ocurriría después del diluvio universal). Adán y Eva no eran carnívoros. Para subsistir no les quedaba otro remedio que desplazarse de un lugar a otro recogiendo los frutos que les proporcionaba la naturaleza. Que aprendieron algo de agricultura se ve en que Caín cultivaba el campo, pero de los animales solo extraían leche y huevos. Su vida tuvo que ser la de nómadas hambrientos. En definitiva, Adán pudo morir en el entorno de la actual Jerusalén como pudo morir en cualquier otro punto de la Tierra. De hecho, en tradiciones que no son la judía, se venera desde hace siglos el conocido como monte de Adán en Sri Lanka, supuesta tumba del padre de la humanidad. Este monte de 2.243 metros de altitud es considerado sagrado por hinduistas, budistas y musulmanes. Miles de peregrinos acuden todos los años a lo alto de la cumbre para contemplar la gigantesca huella con forma de pie humano que allí hay. Cada uno interpreta su sentido según le parece. Los hindúes están convencidos de que se trata de la huella de Shiva, los budistas de que es la huella de Buda, los islamitas la de Adán. Estos últimos suponen que se trata exactamente del primer paso dado por el padre de la humanidad tras ser expulsado del jardín del Edén. Adán perdió el paraíso para ingresar en la historia de forma parecida a cómo el hombre actual ha perdido la historia para entrar en lo que todavía experimentamos como una especie de nada, de temporalidad sin expectativas. Sus primeros pasos tuvieron que ser desconcertantes para él. De ahí el tamaño y la profundidad de la huella.

Que la tumba del primer hombre sea una gigantesca montaña resulta tan significativo como el hecho de que a nosotros, los actuales hombres, ya no se nos sepulte en tumbas, sino que se nos disperse como nubes de humo tras la incineración de nuestros cadáveres. Vivimos deletéreamente y desaparecemos de igual manera. El más allá de la historia al que hemos llegado tras reducir a polvo nuestros sueños de salvación es un espacio en el que la vida se consume sin dejar huella. Ya no hay monumentos fúnebres. El último, técnicamente, fue el que se dedicó en Moscú a Lenin. Entonces todavía se creía en la posteridad.

A Adán lo enterraron en una montaña para devolverlo a la creación de la que emergió como ser consciente por culpa del pecado. La razón por la que se creyó que fuera concretamente la de Sri Lanka es que, en el mes de abril, a cierta hora del día, proyecta una sombra piramidal asombrosamente perfecta. La pirámide no existe, es la forma del monte bien perfilada por la luz del Sol. Puede que la construcción de pirámides surgiera de la creencia de que aquella es la tumba por antonomasia. Esa sombra que proyecta el monte en ciertos momentos especiales del año se convirtió en símbolo de la muerte que el propio Adán introdujo en la tierra. ¿Cabe imaginar un espacio más idóneo para enterrar el cuerpo del primer ser que se sintió un extraño en el universo?

II

LA TUMBA DE LAS SIRENAS

L a primera imagen que nos viene a la cabeza cuando pensamos en las sirenas suele ser la estatua de Copenhague. Desde unas rocas situadas en la bahía del puerto, cerca del palacio de Amalienborg, residencia de invierno de la familia real danesa, una melancólica criatura de bronce esculpida por Edvard Eriksen contempla las gélidas aguas del Báltico. Lleva allí cien años. Un rico industrial, enamorado de la bailarina Ellen Price, quien con unánime aplauso había protagonizado el ballet inspirado en el relato de Andersen *La sirenita*, encargó al escultor que la representara en ese papel. Aunque ella accedió de buena gana a que su cabeza y su rostro sirvieran de modelo para la estatua, se negó a posar desnuda para el resto del cuerpo y tuvo que ser la esposa del propio artista quien lo hiciera. Fruto de aquella combinación fue una delicada muchacha sumida en la nostalgia cuyas piernas, envueltas en un tegumento transparente con forma de cola de pez, no han terminado todavía de adquirir su definitiva configuración humana.

El personaje que popularizó Hans Christian Andersen en 1836 perdió la cola de pez, convirtiéndose así en humana, gracias a un filtro mágico que le proporcionó la bruja del mar. Se había enamorado de un apuesto príncipe al que salvó de morir ahogado y estaba dispuesta a correr cualquier riesgo con tal de unirse a él. La bruja no se negó a ayudarla, pero le puso una dura condición: si no lograba enamorar al príncipe, él tendría que morir. La única forma de evitar semejante final sería que ella misma muriera en su lugar. El príncipe, sin embargo, prefirió a otra, una princesa como él, y la pequeña sirena, desesperada, decidió hundirse en el fondo del mar para desaparecer convertida en espuma. Cuando después de muchas vueltas y revueltas en el océano, sacudida por violentas olas y arrastrada por fuertes corrientes, abrió los ojos creyéndose muerta, descubrió con asombro que estaba viva y que se había transformado en otro ser: una sílfide, un espíritu del aire. El amor la había salvado.

El cuento de Andersen, célebre en su época y aún más en la nuestra gracias a la edulcorada versión de Disney, refleja el cambio que se produjo durante siglo XIX en la visión de las sirenas. Estas habían sido concebidas desde la Edad Media como criaturas marinas, mitad mujer, mitad pez, que vivían en los arrecifes y atraían a los marineros con su voz y sus encantos (encantos parciales, pues solamente dejaban a la vista el rostro, la melena y el pecho, ocultando bajo las aguas la nacarada cola llena de escamas) para hacerlos naufragar y devorarlos a continuación. Los escritores del siglo XIX transformaron esta siniestra imagen en algo poéticamente más aceptable al fusionar las figuras míticas de la sirena y la ninfa. Las ninfas eran criaturas sin alma que anhelaban aparearse con los hombres a fin de garantizarse una vida en el más allá. Su insaciable apetito sexual, equivalente femenino de la lujuria de los sátiros, respondía, según la interpretación entonces vigente, al deseo de poseer un alma inmortal y participar así en la gloria divina, no a la búsqueda del mero placer físico.

Lo que hicieron los autores decimonónicos, imbuidos del espíritu del romanticismo, fue, por un lado, ligar la capacidad seductora de las sirenas con la ninfomanía y, por otro, privarlas de su vieja y mortífera voracidad. De monstruos antropófagos que usaban la música y la belleza como señuelo para atrapar a los hombres, pasaron a ser criaturas excluidas del plan divino obsesionadas por encontrar, a través del amor, el camino de la vida eterna. El problema es que la única forma que conocían de seducir a los hombres era rendirlos eróticamente, algo que llevaba aparejada su perdición, pues en la tradición cristiana el camino de la lujuria conduce directamente al infierno. Las sirenas, en consecuencia, siguieron siendo criaturas peligrosas, aunque no en el sentido de la supervivencia física de la víctima, sino en el de su destino en el más allá. Ciertamente, no fue el caso de la de Andersen, capaz de inmolarse por su príncipe, pero sí el de otras variantes coetáneas, menos interesadas en hacer el bien que en conseguir sus propósitos. Recordemos que el siglo XIX, preámbulo de la liberación femenina, fue la época gloriosa de la *femme fatale*, la mujer fascinante que se sirve de su sexualidad como instrumento de poder.

Algunos estudiosos sostienen que el precursor del cambio en la visión de la sirena fue un escritor barroco español, Tirso de Molina, creador en el siglo XVII de la figura del burlador, el célebre don Juan. Yo no me atrevo a afirmarlo categóricamente, pero si fuera así se trataría de una coincidencia realmente curiosa y significativa. De su pluma habría salido, por un lado, el seductor impío que conquista a las mujeres y arruina su reputación y, por otro, la seductora sin alma que destruye a los varones arrastrándolos a la perdición. El drama que da vida a este modelo de mujer es *La ninfa del cielo*. Su protagonista, la condesa de Valdeflor, deshonrada por el felón duque de Calabria, decide echarse al monte para matar hombres en venganza por su comportamiento doloso con las mujeres. Aunque Tirso atribuye a la condesa rasgos característicos de las sirenas y las ninfas, puede que la conexión con estas figuras, evidente para nosotros, que conocemos la evolución del mito, no lo fuera, sin embargo, para los lectores de su época. De lo que no cabe la menor duda es de que Tirso imaginó a las sirenas igual que las concebimos hoy nosotros, como híbridos mitad peces, mitad mujeres, y no como la tradición grecorromana, para la que se trataba de criaturas mitad humanas, mitad aves.

Pocas veces se ha alejado tanto la cultura occidental de sus fuentes originales como en el caso de las sirenas. Cuando hablamos de ellas ya no hablamos de lo mismo que hablaban los poetas antiguos. Los cambios que han sufrido estas criaturas en la imaginación humana son tan extravagantes que desconocemos, en realidad, cuál es su verdadero aspecto. Cada época, cada región, las ve de una forma diferente. Hay, desde luego, una razón que lo explica, y es que nadie las ha visto nunca. Quienes tuvieron el infortunio de tropezárselas en su camino no sobrevivieron para contarlo y el resto ha hablado siempre de oídas. La única persona que podría haber dicho algo fiable, el astuto Ulises, oyó su canto, pero no alcanzó a verlas. Tampoco era preciso porque los griegos de entonces estaban seguros de que se trataba de híbridos de pájaro y mujer. Así aparecen representadas habitualmente en mosaicos y piezas cerámicas. En algunos vasos corintios se ve incluso que tienen brazos en vez de alas, cosa lógica si tocaban la lira y la flauta. La transformación de criaturas aéreas en criaturas acuáticas se produjo mucho después de la caída del Imperio romano, en una época en que los mares volvieron a resultar peligrosos debido a los piratas y a la inseguridad de las costas.

Los eruditos sugieren que el declive del paganismo y el consiguiente olvido de los mitos llevaron a confundir la figura de las sirenas con la de Escila, un horrendo monstruo marino con torso de mujer, seis cabezas de perro y cola de pez. Escila era una peligrosa amenaza para los navegantes que pretendían cruzar el estrecho de Mesina, pues desde la orilla que ocupaba trataba de arrastrar las embarcaciones hasta el acantilado donde vivía a fin de hacerlas zozobrar y poder devorar a sus tripulantes. El problema de estos era que en la otra orilla estaba Caribdis, monstruo igual de escalofriante, que tragaba enormes cantidades de agua provocando remolinos fatales para la navegación. Homero menciona a ambas criaturas en la *Odisea*, y no es el único poeta de la antigüedad que lo hace, pero ¿por qué razón iba nadie a confundir a las sirenas, que son también mencionadas en ese libro, con un ser tan diferente de ellas? Más lógico parece, al menos desde la perspectiva moderna, que a los monstruos vinculados al mar se les asignaran rasgos de los seres acuáticos. Es el punto de vista antiguo el extraño. Basta para comprobarlo con echar un vistazo a las *Sirenas* (1873) de Böcklin. Nadie ha sido nunca tan fiel a la descripción helénica. La obra está protagonizada por dos sirenas claramente conscientes de la fealdad de sus extremidades inferiores. Encaramadas en un escollo y medio ocultas tras una roca que impide verlas de cuerpo entero, muestran a los tripulantes de un velero aquello que saben que podría atraerlos y ocultan lo que, sin duda, les horrorizaría: medio tronco de ganso y unas repugnantes patas de gallina. En el suelo, a su espalda, descarnados después de haber sido roídos varias veces, yacen montones de huesos y tres calaveras, restos de un viejo festín. Al igual que las gallinas entre sus excrementos, ellas viven sobre los despojos de sus víctimas, una costra sedimentada de fragmentos calcáreos que brilla siniestramente a la luz del sol.

Menos fiel, pero en la estela griega, es la imagen de Waterhouse en *Ulises y las sirenas* (1891). Aunque las representa como águilas con cabeza de mujer, el pintor se apartó del texto homérico al hacer que un grupo de siete sirenas aladas sobrevolara el barco de Ulises. Que se sepa, las sirenas jamás abandonaban su escollo. Atraían a las embarcaciones con su canto y esperaban a que estas chocaran contra los arrecifes para apoderarse de los náufragos. Recordemos que su poder no estaba en su aspecto, claramente monstruoso, sino en la música que interpretaban. Ni Ovidio, que las imaginó cubiertas de plumas doradas, patas de ave, rostros de doncella y dulce voz humana, ni Apolonio de Rodas, para quien se trataba de engendros alados similares a los ángeles, pensaron en ellas como criaturas capaces de atraer con su presencia. La teoría de la evolución, el arte de vanguardia, el cine de ciencia ficción, nos han habituado a los monstruos, pero nuestros ancestros no compartían esta tolerancia estética hacia seres que no parecen salidos de las bondadosas manos del Creador, sino de la aberrante fantasía de sus detractores. Pensemos, por ejemplo, en Minotauro, fruto del ardor zoofílico de Pasifae. A este tipo de aberraciones −aunque qué culpa tienen ellos de los desvaríos sexuales de sus progenitores− pertenecen los seres formados por órganos incompatibles entre sí: centauros, arpías, esfinges, gorgonas... La sirena náutica tiene pecho de mujer y, en consecuencia, pulmones, pero, al mismo tiempo, cola de pez, un atributo que le impide vivir en la tierra. Podríamos decir que una parte de ella está pensada para desenvolverse en el mar y otra es incompatible con eso. Esta contradictoria dificultad para ser aumenta si se piensa en sus relaciones eróticas con los seres humanos. Aquí vuelve a producirse una contraposición irresoluble. La sirena, como el resto de monstruos mencionados, está formada por mitades incompatibles, como si hubiera sido concebida para existir en dos mundos, pero... no hay más que un mundo.

Mucho menos problemática que el aspecto de las sirenas, aunque no por ello definitivamente resuelta, es la cuestión de dónde vivían. Los poetas de la antigüedad estaban seguros de que su morada se encontraba en un promontorio rocoso próximo a la isla de Circe o en el golfo de Nápoles, frente a las ciudades de Cumas y Paestum. Desde allí lanzaban el anzuelo

de sus cantos a las embarcaciones que pasaban cerca, enloque-
ciendo a los tripulantes con promesas de placeres embriaga-
dores. Si un barco picaba, ya no se lo volvía a ver más. La fasci-
nación de la música lo empujaba como un dulce viento hasta los
arrecifes, donde naufragaba sin remedio. Lo que sí se veía desde
lejos, aunque nadie supiera interpretar la naturaleza de aquella visión, era el resplandor blanquecino de los huesos de las
víctimas. ¿De dónde venía a las sirenas esta maliciosa combinación de monstruosidad antropofágica y talento musical?,
¿cómo y cuándo aprendieron a aprovechar la dulzura del canto
para atraer a los hombres a un banquete en el que ellos eran el
plato? La respuesta, para los antiguos poetas, es genealógica:
las sirenas eran hijas de una de las musas, tal vez Melpómene,
y de un gigante arcaico, Forco, progenitor de una multitud de
monstruos, entre ellos las gorgonas y las grayas, tres horribles
brujas que compartían un ojo y un diente.

Cuestión controvertida y enigmática es la de su canto. Los
biógrafos de Tiberio aseguran que el emperador preguntaba a
los eruditos que iban a Villa Iovis, su palacio en el promontorio
oriental de la isla de Capri, por la naturaleza de la música de las
sirenas, y que ninguno alcanzó a satisfacerlo con sus explica-
ciones. Desde allí, el sucesor de Augusto miraba con placer las
Sirenusas, el archipiélago de pequeños islotes rocosos donde,
al decir de los poetas, moraron aquellas. Otra vez es Ulises el
único que podría haber arrojado luz sobre el asunto, pues solo
él, entre los humanos, oyó su canto y no pagó con la vida por
ello. Lo que sabemos con certeza es que las sirenas no solo eran
conscientes del poder de su música, sino que llegaron incluso
a ufanarse de ello desafiando a las musas. El resultado les per-
judicó mucho, ya que fueron derrotadas y, en castigo por su
arrogancia, las musas las despojaron de sus plumas y se hicieron
con ellas unas bonitas coronas ceremoniales. Pausanias asegura

haber visto algunas de esas coronas en el templo de Hera en Beocia. Hay que imaginar a las sirenas desplumadas como pollos para hacerse una idea de la humillación de que fueron objeto. A la fealdad cubista de sus cuerpos habría que añadir la ridiculez de sus formas desnudas. No olvide que es posible que antes del episodio que acabamos de narrar tuvieran algo así como alas de ángel. En el Museo del Bardo de Turquía hay un mosaico del siglo IV a. C. que representa a las sirenas de esa manera. Pero no fue su única derrota. En las *Argonaúticas órficas*, obra del siglo IV, se cuenta cómo la nave Argo, donde iba Orfeo, se aproximó al islote donde moraban. Las sirenas iniciaron sus cantos para atraerla, pero Orfeo, hijo de Apolo y la musa Calíope, contrarrestó su música con una composición más hermosa que las hizo callar. Solo un argonauta se lanzó al agua ansioso por estar con ellas, aunque una diosa las privó del premio arrastrándolo hasta una playa lejana. El autor de las *Argonáuticas* asegura que, a causa de la derrota, las sirenas se precipitaron desde la cumbre al mar convirtiéndose en rocas —las Sirenusas—, algo que no pudo suceder así porque tiempo después pasó por allí Ulises y las sirenas estaban vivitas y, si pudiera decirse sin confundir al lector, coleando.

Para Homero, lo fascinante del canto de las sirenas era la letra, no la música. Aunque sus voces paralizaran a quienes las oían y su música tuviera un efecto embriagador, la clave de su magnetismo estaba en su capacidad para envanecer a los oyentes. Qué clase de canción pueda ser esa que logra volver loca a la tripulación de un barco pulsando en cada marinero la tecla suelta de la vanidad es algo difícil de imaginar. Uno entiende perfectamente la desesperación de Tiberio, su interés por encontrar la respuesta al misterio. Ahora bien, son las propias sirenas quienes, en el duodécimo canto de la *Odisea*, dan a Ulises una explicación de lo que van a cantarle: por un lado, dicen, sus hazañas; por otro, aquello que necesitaría saber para vivir sin incertidumbre, pues ellas conocen "todo cuando acontece en la fértil tierra". Para Ulises, que llevaba años fuera de casa, saber de antemano cómo iban las cosas en Ítaca debía ser más que tentador. No digamos conocer lo que le reservaba el destino.

El secreto, pues, en una época que estimaba la gloria por encima de todo, consistía en halagar a los oyentes convirtiendo sus acciones en motivo de orgullo y ofrecerles un saber seguro sobre el futuro, algo equivalente a lo que podía revelar la pitia del oráculo de Delfos: ese tipo de saber que, en la perspectiva del hombre antiguo, permitiría a quien lo tuviera vivir sin temor a transgredir los límites. El único problema es que soñar con la posibilidad de alcanzar tal saber constituía una peligrosa transgresión, pues no es posible que el hombre se vuelva un dios, y el precio por tratar de obtenerlo era, para los navegantes, estrellarse contra las rocas que servían de escenario teatral a las sirenas.

Ulises fue el único que lo consiguió. Avisado por Circe, se hizo atar al mástil de su barco, tapó los oídos de sus acompañantes con cera y pasó al lado de la isla de las sirenas para darse el placer de escucharlas. El héroe gritó y pataleó pidiendo a los remeros que enderezaran la nave en dirección a ellas, pero estos no le hicieron caso hasta que estuvieron lejos del alcance de sus voces. A las sirenas no les quedó otra que suicidarse arrojándose al mar. Un oráculo había pronosticado que vivirían mientras nadie se resistiera a su canto (las musas y Orfeo no cuentan porque son seres de su rango). Se trata de una condición inherente a los mitos y a los monstruos: no pueden ser desacreditados. En el undécimo capítulo del *Ulises*, Joyce ejemplifica lo que significa el descrédito con un pedo de Leopold Bloom. Este ha pasado un rato dentro de una taberna regentada por dos camareras desgreñadas y provocativas, una de las cuales, queriendo imprimir una nota sensual a su cháchara cachonda, restalla con fuerza la liga que aprieta su muslo. Bloom, Ulises moderno, demora la vuelta a casa porque sabe que su esposa Molly lo engaña con un pretendiente, pero, aunque siente la atracción de la carne, la indiferencia de los otros clientes del bar, sordos a causa del alcohol, le ayuda a enfriar las insinuaciones de aquellas. El estrepitoso pedo cierra el capítulo y socava totalmente el supuesto encanto erótico de las camareras, sirenas dublinesas muy venidas a menos.

Homero, como Joyce, habla de dos sirenas; el resto de los poetas de la antigüedad mencionan tres: Parténope, Leucosia y Ligeia. La primera cantaba, la segunda tocaba la flauta, la tercera la lira. Según Licofrón, cuando se suicidaron, sus cadáveres aparecieron en diversos lugares de la costa del Tirreno. Parténope fue arrastrada por las olas hasta la playa de Megaride, en Nápoles. Los habitantes de la comarca la enterraron allí, en el promontorio donde actualmente se alza el Castel dell'Ovo. Junto a la tumba se erigió un templo y con él vinieron fiestas y juegos que originaron la ciudad de Neápolis (Nápoles). Leucosia apareció en la isla que ahora lleva su nombre, frente a Sorrento. La tradición asegura que la propia isla es, en realidad, el cuerpo petrificado de la sirena, pero seguramente lo que ocurrió es que fue sepultada allí. Finalmente, los restos de Ligeia fueron arrastrados hasta la desaparecida ciudad de Terina, en Calabria, donde le construyeron un sepulcro junto al mar con un monumento en el que se podía ver a una doncella alada. Nadie lo ha encontrado, aunque circula entre los eruditos el texto en italiano de la lápida que lo cubría, un epitafio sospechosamente inspirado en Licofrón.

Hoy por hoy, resulta improbable que encontremos vestigios de estos enterramientos. La única posibilidad de dar con algo sería en Nápoles, pero para ello habría que derribar el castillo normando del siglo XII, excavar los cimientos de la fortaleza romana donde estuvo preso Rómulo Augústulo, el último emperador de Occidente, apartar los improbables vestigios de la villa original de Licinio Lúculo, vencedor de Mitrídates del Ponto y, finalmente, confiar en la buena suerte. En suma, un palimpsesto arqueológico que como todo palimpsesto plantea el problema de si no será mejor dejar las cosas como están y conformarse con leer solo la última página, que es como decir quedarse en la superficie.

III
LA TUMBA DE TESEO

De niño, cuando leí por primera vez la historia de Teseo, pensé, igual que hizo (y yo supe mucho después) mi admirado Thomas de Quincey, que aquel hombre había sido un gran bribón y un mal tipo. No solo se aprovechó de Ariadna, abandonándola cuando ya no le convino, sino que, para alzarse con el trono del padre, acabó arteramente con él, tan arteramente que nunca nadie lo ha acusado de parricidio. Yo no era consciente entonces de lo dura que puede ser la lucha por el poder cuando muere un monarca —lo único que sabía es que Egeo era rey del Ática y Teseo su heredero—, pero, en mi virginal ingenuidad de chico hechizado por la lectura de una aventura deslumbrante, sospeché que algo en ella no encajaba bien. El libro preciosamente ilustrado que me inició en los placeres de la mitología griega, una versión juvenil a la que perdí la pista, se limitaba a relatar las peripecias del héroe en Creta y la triste y un poco tonta muerte de su progenitor, un anciano lloroso que, al ver que el barco en el que debía volver su hijo llevaba velas negras, señal de que había sido sucumbido en Creta devorado por el Minotauro, se lanzó desde un acantilado al mar.

Los habitantes del Ática, derrotados en algún conflicto previo acerca del cual mi libro no decía nada, se habían comprometido a entregar durante nueve años al soberano cretense, Minos, un tributo anual de siete mancebos y siete doncellas. El pavoroso destino de todos ellos era servir de alimento al Minotauro, un monstruo mitad hombre, mitad toro, que vivía confinado en un complejo arquitectónico construido expresamente para él: el laberinto. Huir de allí resultaba imposible, y no solo por la ferocidad del engendro contra natura que lo habitaba –era hijo de Pasifae, esposa de Minos, y de un toro blanco por el que la reina sintió una invencible pasión que satisfizo gracias a un artefacto ideado por Dédalo–, sino por las demenciales características de la construcción. Obra también de la imaginación de Dédalo, el laberinto tenía entrada, pero no salida. Era, por así decir, una construcción porosa, aunque únicamente hacia dentro, no hacia fuera. El mismo arquitecto pudo haber sucumbido a su propio ingenio de no haber previsto que Minos intentaría eliminarlo para impedir que revelara los secretos del complejo. De hecho, si consiguió escapar cuando el rey bloqueó con él dentro la última puerta, fue porque antes ocultó unas alas gracias a las cuales superó los muros volando. En la huida tuvo lugar el conocido episodio de la muerte de Ícaro, su estúpido hijo adolescente, quien, al verse flotando en el aire, olvidó las advertencias de su padre y trató de aproximarse al Sol, imprudencia que hizo que se derritiera la cera que daba consistencia a las alas y cayera desde una gran altura al mar. Su pie derecho pataleando antes de ser engullido por las aguas puede verse todavía en un maravilloso paisaje de Brueghel el Viejo que se exhibe en los Museos Reales de Bellas Artes de Bélgica.

Diez años después de aquella primera lectura infantil, en mi época de estudiante universitario, entré en contacto con otros textos más rigurosos y mejor documentados gracias a los cuales supe que el mito de Teseo, al igual que la mayor parte de los mitos de la tradición griega, era algo más que una invención poética. Bajo las palabras de los poetas, oculta tras su impactante belleza, había una realidad cuyas huellas era posible rastrear. Supe entonces que el laberinto fue inicialmente una fortaleza inexpugnable, que los jóvenes rehenes habían sido durante mucho tiempo el premio con que se agasajaba a los triunfadores de los combates que se celebraban cada año en Creta en memoria de Androgeo, y que Tauro, el nombre del vencedor de los primeros certámenes, no era ningún engendro monstruoso, sino un general de Minos que, al parecer, mantuvo relaciones ilícitas con Pasifae. Para un joven de mi edad, la edad de Ícaro, ninguna de estas aclaraciones desmitificadoras fue decepcionante; al contrario, lo que en aquella fase me animaba por encima de todo era sentirme partícipe del poder de la ciencia para apartar los velos que encubren la desnuda verdad. Tuvo que transcurrir bastante tiempo antes de que volviera a añorar la voluptuosa felicidad de las lecturas infantiles. Aparentemente no había perdido el entusiasmo y disfrutaba como un niño estudiando a fondo autores como Filócoro, historiador ateniense del siglo iii a. C. que ningún escolar habría soportado dos minutos seguidos.

La confrontación de las fuentes originales, o lo que los profesores, en su inocencia de colmillo retorcido, consideran así, con aquella versión juvenil que tantas dudas y tan profunda huella dejó en mí, sirvió para hacerme ver que la discreción con que solía relatarse el episodio de las velas, causa del supuesto suicidio de Egeo, se debía a la rutina académica de atenerse a las informaciones suministradas por los historiadores atenienses. Estos tuvieron a Minos por un tirano sanguinario que sumió en la esterilidad la tierra de sus vecinos. Teseo, en cambio, les parecía un héroe intrépido, lleno de virtudes, un auténtico modelo para los ciudadanos. Se le podían reprochar algunos errores (¿a quién no?), pero en la balanza de la historia sus méritos pesaban mucho más. La parcialidad de los escritores atenienses resultaba más bien bochornosa cuando se cotejaban sus tesis con las de Homero y Hesíodo. El primero había acusado a Teseo en la *Ilíada* de ser un hombre cruel e ingrato, algo que explica por qué en Atenas, a pesar de ser Pisístrato quien ordenó fijarla por escrito, no se apreció nunca mucho la epopeya aquea. Hesíodo, por su parte, no dice nunca una palabra buena acerca de él, al contrario de lo que ocurre con Minos, a quien considera, al igual que hace Homero, un legislador ejemplar, digno de ocupar un puesto en el tribunal supremo del inframundo. ¿Sufrieron acaso también los poetas forjadores de mitos los efectos de esa perniciosa enfermedad del alma que consiste en anteponer el sentimiento patriótico a la verdad?

Pero dejémonos de especulaciones y repasemos los acontecimientos tal y como nos fueron transmitidos por nuestros antepasados. Se acercaba la fecha en que los habitantes del Ática debían enviar a Minos el tercero de los nueve tributos pactados con él. La consternación entre los familiares de las víctimas era grande, aunque esta vez, mezclada con ella, iba una queja: ¿por qué el rey no contribuía también al sacrificio colectivo entregando a su propio hijo? Los años anteriores nadie había dicho nada porque se ignoraba que lo tuviera. Sin embargo, la inesperada aparición de Teseo, un muchacho hecho y derecho procedente de Trecén y criado, al parecer, junto al abuelo materno, cambió las cosas. Si era hijo del rey, y este no tenía ninguna duda, ¿no debería formar parte del contingente de rehenes enviados a Creta? El joven se había presentado de improviso ante Egeo, le había explicado quién era y, para demostrarle que no mentía, le había mostrado las sandalias y el puñal que el propio rey ocultó bajo una roca en su aldea natal a fin de que un día sirvieran como prueba de su identidad. Armado precisamente con ese puñal —y esto era otra prueba de la calidad de su sangre— había conseguido abrirse paso hasta el Ática. En el camino, se enfrentó a dos fieras terribles, la cerda de Cromión y el toro de Maratón, y a varios famosos bandidos, entre ellos el célebre y despiadado Procusto. Claro que sus adversarios de verdad estaban en casa: eran los aspirantes al trono ahora destinado legítimamente al recién llegado. Pensando en ellos –Teseo era tan inteligente como bravo– tomó la decisión de contrariar a su padre y ofrecerse como voluntario para ir a Creta, gesto que acalló a los murmuradores y sumió a su padre en la desesperación.

La expedición salió del puerto en el momento previsto. Una masa de personas vestidas de negro había salido a despedirla profiriendo lastimosos lamentos. Lentamente, la nave inició su dolorosa singladura por unas aguas todavía sin nombre. El viento hinchó la vela negra que se había desplegado en señal de luto. Teseo había pactado con su padre que si conseguía matar al monstruo, escapar del laberinto y regresar sano y salvo a casa, arriaría en el camino esa vela y enarbolaría otra blanca en su lugar. Un cielo diáfano, de un azul intenso, y un mar sereno y transparente, acompañaron a la embarcación durante el resto del viaje. Los dioses, conocedores del destino, se divertían en el Olimpo burlándose de la incertidumbre que encogía el corazón de los mortales implicados.

Al llegar a Cnosos, capital de la isla de Creta, Ariadna, primogénita de Minos, se enamoró perdidamente de Teseo. Fue un flechazo, una pasión que se apoderó de golpe de su conciencia. Como el amor es un sentimiento que, al mismo tiempo que nos empuja hacia la persona amada, nos aleja de las que ya amábamos, la muchacha no dudó en traicionar a su padre y ofrecer al recién llegado la espada con que podría enfrentarse al monstruo y el hilo que, en caso de derrotarlo, le permitiría orientarse en el laberinto y salir de él. Y así fue cómo ocurrió, aunque Filócoro, el historiador ateniense, impugna la versión tradicional de los hechos convencido de que era una simple leyenda.

En su opinión, Teseo peleó contra Tauro, el general de Minos, y lo venció, tal vez con la ayuda del propio Minos, ansioso de poner fin al largo adulterio de Pasifae.

Los atenienses huyeron a toda prisa de Creta, pero la vuelta, a pesar de que cielo y mar permanecieron otra vez inconmovibles en su inmensidad, no fue tan plácida como la ida. Primero atracaron en Naxos, donde Teseo dejó en tierra a Ariadna. Cuando la joven se dio cuenta de la traición, herida porque el ateniense prefirió a su hermana Fedra, decidió suicidarse con un lazo, aunque luego se lo pensó mejor y optó por unirse a un sacerdote de Dioniso, o quizá al propio Dioniso, que es una forma de decir que se entregó a una vida disipada. La segunda parada fue Delos, donde Teseo enseñó a los naturales el baile de la grulla, baile cuyos pasos mostraban la manera de orientarse en el laberinto y salir de él. Por último, la nave dirigió el rumbo a Atenas. Fue al final del viaje cuando tuvo lugar o, mejor dicho, no tuvo lugar, el hecho que acabó con la vida de Egeo: el olvido de la promesa de cambiar la vela negra por otra blanca si los jóvenes atenienses conseguían escapar del monstruo. Poetas e historiadores parecen no extrañarse en absoluto con el despiste, pero, ¿cómo admitir, con lo tediosas que son las horas en el mar cuando la nave avanza firmemente empujada por un fuerte viento de cola y una soñolienta placidez acuna las aguas, que nadie recordara que había que enarbolar la vela blanca? Cuesta creer que ni Teseo ni sus compañeros, por contentos que estuvieran con el buen resultado de la expedición, repararan en el tétrico color del velamen. Egeo, desde luego, no barajó la posibilidad de que se tratara de un olvido. En cuanto vio al barco aproximarse a la costa de esa guisa, sumido como estaba en la larga tensión de la espera, perdió los nervios y se arrojó desde el acantilado donde se hallaba, ahogándose en las aguas del mar que, a partir de ese día, sería conocido con su nombre.

Yo, niño inocente aún no familiarizado con Filócoro, el sabio historiador gracias al cual la escondida verdad había encontrado la forma de atravesar la coraza del mito y llegar hasta nosotros, no podía creer que Teseo hubiera olvidado sustituir las velas del barco. No lo podía creer entonces y, si les soy franco, tampoco ahora. La dicha de volver a la patria no basta para explicar que ni tripulantes ni rehenes advirtieran lo inaudito de avanzar bajo una vela que, vista desde abajo, debía asemejarse al ala extendida de un descomunal pájaro, un pájaro negro, de mal agüero. Cuando menos, resulta sospechoso. No aseguro que Teseo contara con que Egeo se suicidaría al constatar su fracaso, pero sí, tal vez, con que ello movería a alguno de los frustrados aspirantes al trono a dar algún paso decisivo. Nadie puede negar que matar al rey arrojándolo por un acantilado era una forma de precipitar las cosas. Si Teseo había muerto en Creta y Egeo fallecía (el suicidio sería un estupendo pretexto para acallar a los maledicentes), el poder del Ática pasaría a manos de quien tuviera el valor de aprovechar la ocasión, o sea, del asesino. Esta clase de crímenes eran habituales en la época. El mismo Teseo murió así. El problema para el criminal que intentara apoderarse del trono es que, tras el desembarco de Teseo, todos sus planes debieron desmoronarse de golpe. A los implicados, si los hubo, no les quedaba otra opción que guardar silencio. ¿Cómo oponerse al vencedor del Minotauro? Habían perdido, mejor dicho, habían sido incitados por alguien más astuto que ellos a realizar una acción que, en vez de darles la ventaja que deseaban, había allanado el terreno a su mayor enemigo. Igual que un experimentado jugador de ajedrez sabe forzar al adversario a elegir el movimiento que le llevará a la derrota, Teseo movió las piezas (o mejor, no las movió) para que su padre fuera asesinado y los asesinos se vieran obligados a enmascarar el crimen con la ocurrencia, más tarde convertida en versión oficial, del suicidio.

¿Qué dice Filócoro del tema? Nada. En vez de iniciar una investigación sobre los acontecimientos que convirtieron a Teseo en rey del Ática, aceptó esta parte del mito en su integridad, conformándose con elogiar los logros como gobernante del nuevo monarca. El rey ha muerto, viva el rey. Hay que reconocer, además, que Teseo fue extraordinariamente hábil al emprender de inmediato uno de los proyectos políticos de mayores consecuencias para la historia de Occidente: reunir en una ciudad a los habitantes del Ática y dotarla de un gobierno popular. Por sospechoso que pudiera resultarnos su comportamiento anterior, fundar Atenas son palabras mayores. ¿Quién se molesta en hurgar en el pasado de un líder destinado a cambiar la historia del mundo? Sus hazañas posteriores palidecen, desde luego, comparadas con esto. Ni siquiera su participación en la lucha de Hércules contra las amazonas puede equiparársele. Cuando Euristeo impuso a Hércules la tarea de sustraer el cinturón de Hipólita, reina de las mujeres guerreras, Teseo se prestó a ayudarle. Desatar el cinturón de una mujer significaba demostrar su dominio sobre ella, pero las amazonas, en señal de libertad e independencia, los lucían con orgullo y no estaban dispuestas a que nadie se los arrebatara. A Hércules le costó sobremanera el triunfo en esta empresa. Tras navegar hasta Temiscira, en la costa sur del mar Negro, logró derrotar una tras otra a las amazonas hasta dar con Hipólita y sustraerle su cinturón, matándola previamente, claro. Más propenso que él a las mujeres, Teseo se prendó de una de ellas y se la llevó como botín a Atenas. Se llamaba Antíope, era muy hermosa y por sus venas corría sangre real. El héroe primero la trató como esclava y después como concubina. Fruto de sus relaciones con ella nació Hipólito, cuyas peripecias con Fedra, su libidinosa madrastra, han dado pie a varias tragedias. Pero las amazonas, ignorando que Teseo y Antíope se habían enamorado, montaron una expedición al

Ática para rescatarla en la que cayeron derrotadas. Los historiadores aseguran que ella combatió del lado ateniense contra sus hermanas, pero ya sabemos qué poco fiables son los historiadores cuando hablan de la patria.

Aunque tuvo muchas oportunidades de mostrar sus cualidades como guerrero y estadista, Teseo prefirió siempre los combates amorosos cuerpo a cuerpo. El deseo sexual lo desvió del camino de la virtud una y otra vez. Heródoto se lo reprocha. Sus historias con las mujeres no lo dejan, además, en buen lugar. Ya mencionamos el caso de Ariadna. Peor fue el secuestro de Helena, la bellísima Helena que desencadenaría la guerra de Troya, cuando era una niña. Él y su amigo Piritoo la vieron bailar en el templo de Diana de Esparta y quedaron tan impresionados que no vacilaron en llevársela. Luego se la echaron a suertes. El afortunado fue Teseo. Como la chiquilla no estaba en edad de contraer matrimonio, encargó a su madre que la custodiara mientras él seguía con sus aventuras. Los familiares de Helena la localizaron y rescataron.

Para los atenienses, que se habían visto envueltos en una guerra que no deseaban, Teseo dejó de ser el héroe que los salvó de Minos para pasar a ser un engorro. Es lo malo de ser gobernados por uno de esos individuos que prefieren ponerlo todo patas arriba antes que dejar el mundo como se lo encontraron al nacer. Su afán de protagonismo alimentó la animadversión de sus compatriotas y estos lo obligaron finalmente a huir de la ciudad. El lugar elegido como refugio fue Esciros, donde tenía posesiones y amigos, aunque parece que no de fiar, pues, en vez de recibirle como esperaba, hicieron con él lo mismo que otros habían hecho antes con su padre: despeñarlo por un barranco mientras le mostraban unos terrenos por los que había expresado cierto interés.

El asesinato de Teseo no conmovió a los habitantes de Atenas hasta siglos después. Parece que los atenienses perdieron en

LA TUMBA DE DIOS

algún momento la memoria de sus orígenes. Al igual que otras ciudades, pero no tan egregias como ella, olvidaron recordar. Las cosas cambiaron cuando Atenas empezó a ser una potencia marítima de primera magnitud. La necesidad de forjar un pretérito grandioso hizo que se volvieran los ojos sobre el heroico fundador de la ciudad. La figura del hombre que acabó con el poder cretense adquirió así relevancia hasta devenir gradualmente mito nacional. Durante la decisiva batalla de Maratón, algunos combatientes aseguraron haber visto su sombra luchando contra los persas (una especie de Santiago Matamoros en versión pagana). Cuando estos cayeron derrotados, la pitia del Oráculo de Delfos aconsejó recoger sus huesos y guardarlos en la ciudad con la veneración que merecían.

La tarea llevó tres años. Primero hubo que tomar la isla de Esciros, una hazaña que se atribuye a Cimón, el hábil estratega que comprendió que para dar pábulo a las ambiciones imperialistas de la ciudad había que reelaborar el pasado ateniense (la conquista de Esciros fue, de hecho, el primer paso, justificado con el pretexto de que vengaban de esa manera el asesinato del padre de la ciudad). El siguiente paso fue hallar la sepultura de Teseo, algo improbable de no haber contado con la siempre inestimable ayuda divina, pues fue un águila de Zeus la que, con su pico, escarbó el lugar en donde estaba el cuerpo, un cuerpo de héroe, más grande de lo normal, flanqueado por una lanza de bronce y una espada. Ni que decir tiene que nadie discutió la identidad de la persona a quien pertenecieron los huesos encontrados. Por último, hubo que trasladarlo a Atenas para sepultarlo en un santuario construido con ese propósito junto al gimnasio. En tiempos de Plutarco, el recinto continuaba siendo asilo para esclavos y mendigos que buscaban la protección del héroe. Allí se reunía también la multitud una vez al año tras celebrar la hecatombe conmemorativa del regreso de Creta.

El nombre de Teseo había alcanzado un prestigio casi sagrado en Atenas. Los lectores de Platón recordarán que la demora en la ejecución de Sócrates se debió a que el día anterior al juicio fue enviado en procesión a Delos el barco que usó el héroe para ir a Creta. La costumbre era que mientras el barco estuviera fuera de la ciudad no hubiera ejecuciones de ningún género. De ello dependía la fortuna del pasaje. Tales prácticas atestiguan la considerable significación política que adquirió Teseo a medida que se iba haciendo más y más remoto su recuerdo. He dicho que el santuario donde moraban sus restos se hallaba junto al gimnasio. Por Pausanias, autor de la que probablemente sea la primera guía de la historia (*Descripción de Grecia*), sabemos que se trataba de un lugar muy próximo al ágora y que la tumba contenía pinturas de Polignoto alusivas a la lucha entre atenienses y amazonas y la batalla de los centauros y los lapitas, ocasiones ambas en las que Teseo había participado. Takis Catsimardos enumera hasta cuatro posibles localizaciones, aunque la más verosímil lo sitúa junto al Leocoreo (monumento dedicado a las tres hijas de Leo, que dieron su vida por la ciudad a petición de un oráculo), el Altar de los Doce Dioses y el Odeón de Agripa, que en tiempos de Pausanias seguía siendo el gimnasio. Conocemos, pues, con probabilidad, el emplazamiento exacto de la tumba, pero no podemos acceder a ella para comprobar que es la que buscamos. Los huesos del fundador de Atenas yacen en el subsuelo de la ciudad, bajo los estratos moderno, turco, bizantino y romano. Son, en cierto sentido, lo que la realidad respecto del mito, algo situado muy abajo, a la profundidad del misterio. Lo más lejos que podemos llegar tratando de imaginar la tumba es recordar la evocación del santuario que hicieron los artistas del siglo XVIII, cuando las ruinas eran un asunto artístico y no, como hoy, la cosa misma.

IV

LA TUMBA DE LA SIBILA

S iglos antes de que el Vesubio sepultara las ciudades de Pompeya y Herculano, el golfo de Nápoles fue escenario de movimientos geológicos colosales. El más sobresaliente de todos ellos tuvo lugar, al parecer, en el Pleistoceno. La erupción de un supervolcán situado en la zona produjo una gigantesca nube de ceniza que cubrió un tercio de Europa y proporcionó su fisonomía actual a los Campos Flégreos, uno de los lugares míticos del continente.

El nombre con el que se conoce a esta caldera volcánica parcialmente sumergida en el mar Tirreno es anterior al dominio romano. La etimología no deja duda: "ardiente", en latín *flagrans*, se dice en griego *phlegraios*. Cuando Roma conquistó aquellos campos quemados por la lava de las erupciones, varias generaciones de agricultores llevaban ya tiempo cultivándolos. Ni sus singularidades orográficas ni los espectaculares fenómenos producidos por la actividad volcánica −explosiones freáticas, fumarolas, emanaciones de gases sulfurosos− impidieron el asentamiento de pobladores. Por inhóspito que parezca un territorio que los poetas de la antigüedad creían limítrofe con el inframundo, se trata de una comarca muy fértil y bien situada, en la que la naturaleza ha sabido transformar las toneladas de escoria vomitadas por la tierra en un paisaje dotado de singular belleza. Los romanos adinerados, aficionados a las aguas termales, la convirtieron en uno de sus destinos favoritos. Restos arqueológicos abundantes –villas, templos, termas, teatros...– así lo demuestran. Del alto nivel social de los propietarios es testimonio la Gruta de Sejano, galería subterránea de setecientos metros de longitud y catorce de altura abierta durante el siglo I a fin de facilitar la comunicación con Nápoles, el principal núcleo urbano de la región.

Desde que los romanos llevaron a cabo esta grandiosa y espectacular obra de ingeniería, y salvo cortos periodos de abandono, producto a partes iguales de los vaivenes políticos y la inestabilidad sísmica y volcánica, la Gruta de Sejano ha prestado su importante servicio sin interrupción. A partir del siglo XVII, el interés por ella fue también artístico y turístico. Gaspar van Wittel, el padre del vedutismo, la pintó hasta once veces. En el Museo del Prado se exhibe una de sus versiones. Por ella sabemos que la gruta estaba entonces en uso (una inscripción monumental junto a la entrada recuerda las obras emprendidas a mitad del siglo XV por orden de Alfonso V, rey de Nápoles, y un siglo más tarde por Pedro Álvarez de Toledo y Zúñiga, virrey español). A mediados del XVIII, por motivos desconocidos, seguramente un corrimiento de tierra, la galería se abandonó. Tras ser desescombrada, fue reabierta en 1841 y así estuvo hasta la Segunda Guerra Mundial, periodo en que sirvió como refugio. Luego volvió otra vez a quedar inservible hasta que, recientemente, quedó franca de nuevo para facilitar el acceso al Parque Arqueológico de Posillipo.

La pintura de Van Wittel no solo muestra la entrada a la galería y el monumento del virrey, sino también el muro trasero de la tumba de Virgilio, una construcción circular de piedra y mortero situada a la izquierda en lo alto de la colina. Según los arqueólogos, su existencia es anterior a la llegada de griegos y romanos, por lo que parece claro que no se hizo para albergar el cuerpo del poeta. Que este fuera sepultado allí es incierto, pues falleció a trescientos kilómetros del lugar, en Brindisi, aunque pudo haber dispuesto que sus restos se trasladaran a aquel túmulo funerario por alguna razón que desconocemos. Virgilio amaba la comarca y la conocía bien. La descripción en la *Eneida* del tenebroso lago Averno, entrada al inframundo, basta para acreditarlo. Claro que dicha predilección no explica que sus huesos fueran a parar a la colina de Posillipo. Tampoco prueba nada la inscripción atribuida a Petrarca instando al viajero a detenerse ante la tumba del poeta. Trece siglos es un intervalo de tiempo demasiado grande para saber nada con seguridad. Los propios napolitanos nunca se pusieron de acuerdo acerca del lugar del enterramiento. Durante cierto tiempo se creyó, de hecho, que estuvo en el Castel dell'Ovo, en el islote de Megaride.

En la Edad Media se creyó que Virgilio no fue solo poeta, sino mago dotado de poderes formidables. La gente estaba convencida de que para describir con precisión cualquier lugar, no digamos los siniestros corredores donde reina Plutón, hay que haberlos visto con los propios ojos. Virgilio tuvo que llegar en vida hasta el punto en que se abre el tétrico abismo de la nada y traspasarlo. No atravesar en barca el Averno, sino encontrar la entrada que conduce al reino de los muertos y, una vez allí, franquearla. La pregunta, por supuesto, es: ¿cómo pudo penetrar en el inframundo y volver luego a salir vivo? La respuesta, de acuerdo con la leyenda medieval, es que se sirvió de los secretos desvelados por cierto libro mágico que había descubierto en la tumba del centauro Quirón, libro con el que él mismo fue sepultado y que, a finales del siglo XII, en tiempos de los normandos, sustrajo de su tumba un médico inglés que lo depositó en la biblioteca del Vaticano, donde debe de permanecer todavía. Un manuscrito del XIV, la *Crónica de Parténope*, relata todo esto a la vez que enumera los prodigios que, en su condición de mago dotado de poderes taumatúrgicos, realizó para favorecer a los napolitanos y protegerlos de los reveses de la naturaleza. Su papel como intermediario con el más allá, inmortalizado por Dante en la *Divina Comedia*, justifica la estrecha relación que la fantasía popular inventó entre él y otro personaje local legendario, la sibila de Cumas, de quien presuntamente se enamoró al descender a los infiernos y cuyo antro buscó a conciencia convencido de que la adivinación es un poder ligado a ciertos lugares y sustancias. Poesía, magia y adivinación fueron, de hecho, para los hombres de la antigüedad, tareas íntimamente emparentadas. El poeta, por ejemplo, además de ver lo que el resto no ve, encanta la realidad, la hechiza, elevándola con la riqueza de su lenguaje por encima de la experiencia común. ¿No es acaso la poesía una suerte de delirio y este una consecuencia del contacto con las fuerzas elementales de la tierra?

El poder de la sibila para predecir el futuro estaba directamente ligado con la gruta donde ejercía, el llamado "antro", lugar integrado en una red de túneles de origen volcánico por donde corrían gases sulfurosos gracias a los cuales entraba en trance. Ceniza y lava habían formado a lo largo de siglos un terreno poroso en el subsuelo de Cumas por el que circulaban efluvios del más allá capaces de provocar en las personas dotadas de sensibilidad especial el efecto de una potente droga. Sin duda eran esas filtraciones las que trastornaban la mente de la sibila liberándola de la tiranía del mundo de las apariencias. Su conciencia dejaba primero de fluir con el tiempo común para desbordarlo después lúcidamente, una operación misteriosa gracias a la cual pudo reunir los libros proféticos que hicieron de ella una de las figuras más conocidas de la antigüedad.

De la gran significación que se dio en la cultura romana a esos libros es prueba la manera en que fueron adquiridos por el quinto rey de Roma, Tarquino Prisco. La sacerdotisa del templo de Apolo en Cumas, consciente del papel cada vez más importante de la ciudad de las siete colinas, acudió un día a palacio y ofreció al soberano nueve libros por 300 monedas de oro. El monarca, divertido con la disparatada ocurrencia de la anciana, despreció la oferta diciendo que era ridículo pedir semejante suma de dinero por un puñado de premoniciones. La sibila, sin embargo, no solo se mantuvo impertérrita, sino que quemó entonces en su presencia tres de los libros y volvió a pedir la misma cantidad que había reclamado al principio por los nueve. Tarquino se burló nuevamente, pero ella, lejos de inmutarse, y como quien no necesita de los hechos para saber qué va a ocurrir, repitió la operación, solicitando por los tres ejemplares restantes el montante inicial. Perplejo y preocupado ante la posibilidad de estar cometiendo un error del que pudiera arrepentirse, Tarquino olvidó todas sus prevenciones y, muy a su pesar, acabó comprando.

Escritos en hojas de palma y redactados en hexámetros, igual que los oráculos de la pitia de Delfos, los libros sibilinos eran supuestamente fruto del contacto de la sibila con las divinidades infernales. Custodiados en el templo de Júpiter Capitolino por quince sacerdotes (los *quindecimviri*), se abrían solamente a petición del Senado. Durante casi cinco siglos, desde su adquisición en el VI a. C., fueron consultados en contadas ocasiones. Una de las tareas de los pontífices era su interpretación, pues se pensaba que, aunque de manera más bien críptica, adelantaban los acontecimientos por venir. En el 83 a. C. ardieron en el incendio que destruyó el templo de Júpiter. Las autoridades de la República decidieron entonces sustituirlos con otros traídos de Grecia. Los nuevos libros proféticos permanecieron en el templo de Apolo Palatino hasta el año 405, durante el Imperio de Honorio, fecha en la que el general Estilicón ordenó quemarlos para acallar a quienes los esgrimían en su contra.

La fama de la sibila de Cumas no desapareció ni siquiera en época cristiana. Que hubiera predicho (aunque de ello empezara a hablarse mucho después de ocurrido el hecho) que una virgen daría a luz al hijo de Dios, hizo que su nombre se tomara en serio, tanto que su presencia suele ser habitual en las ilustraciones de los libros de horas o las pinturas murales que representan acontecimientos protagonizados por profetas y apóstoles, una costumbre que inició en su palacio romano el cardenal Orsini en 1432. Por otra parte, que tal capacidad premonitoria se atribuyera a otras adivinas, por ejemplo la sibila de Tívoli o la sibila eritrea, cuyo sobrecogedor canto aún resuena el día de Navidad en algunas catedrales del sur de Europa, prueba hasta qué punto los cristianos hicieron cuanto pudieron por integrar la superstición antigua en su propio sistema de creencias.

¿Qué fue de la sibila tras su encuentro con Tarquino? La leyenda dice que regresó a Cumas y que allí siguió desarrollando sus labores proféticas. Según Virgilio, el acceso al lugar exacto donde entraba en trance y profería sus oráculos no era fácil porque la red de túneles donde se hallaba estaba formada por "un centenar de galerías con otras tantas aperturas a través de las cuales emergía su voz hecha cien voces". Lo que hoy conocemos como "antro de la sibila" fue identificado como tal hace menos de un siglo. Claro que no todos los investigadores aceptan la ubicación oficial. Cerca de ella, en Pozzuoli, se enseña otra gruta que, según dicen los partidarios, se ajusta mucho más estrictamente a la descripción que hizo Virgilio en el libro VI de la *Eneida*. ¿Acaso el poeta no era tan preciso como pensamos o es que la zona, a causa de sus orígenes volcánicos, posee abundantes cavidades y túneles?

No es necesario aclarar que cuando Virgilio acudió al antro de la sibila esta ya no vivía. Debía de haber muerto hacía poco, pues, según la leyenda, vivió mil años, y, como se recordará, era ya una anciana cuando ofreció sus libros a Tarquino. Aunque ignoramos la fecha exacta de su nacimiento y las circunstancias concretas del mismo, sabemos que fue en Eritras, Jonia, que su madre era una ninfa, es decir, una criatura que solo podía acceder a tener un alma mediante la unión carnal con un hombre, y que en su juventud, Apolo, deslumbrado por su belleza, se prestó a ofrecerle cualquier cosa que deseara a cambio de sus favores sexuales. El día que aceptó la oferta, tomó de la playa un puñado de arena y pidió al dios vivir tantos años como granos contuviera su mano. Lamentablemente, olvidó pedir al mismo tiempo el don de la eterna juventud, de modo que a medida que transcurría el tiempo iba menguando y arrugándose. Cuando su tamaño se volvió tan pequeño que cualquier animal habría podido engullirla, los ciudadanos de Cumas tomaron la piadosa decisión de meterla en una jaula para grillos hecha con tallos de asfódelos amarrados con carrizo. Luego, para protegerla, la colgaron en el templo de Apolo, alimentándola igual que a una cigarra, insecto vinculado en Grecia a las labores proféticas. Los muchachos se acercaban a verla con curiosidad, burlándose de su pequeñez, y cuando le preguntaban si deseaba algo, respondía que lo único que quería era morir.

Algunos piensan que la jaula donde fue recluida la sibila no era una jaula de verdad, sino un lugar próximo llamado así: la isla de la Gaiola (*gaiola* significa 'jaula' en italiano). Este islote se encuentra situado frente a la costa de Posillipo y es de una hermosura deslumbrante. Curiosamente, se trata del mismo lugar donde estuvo la escuela de Virgilio, edificio hoy sumergido, en cuyas dependencias el poeta y taumaturgo iniciaba a sus discípulos en los ritos esotéricos. El trágico destino que han sufrido los propietarios de la villa que se construyó en ella a principios del siglo XIX ha alimentado multitud de suposiciones.

Una de ellas es que Virgilio encantó la isla a fin de impedir que fueran profanados los restos de la sibila.

Su cadáver podría hallarse en la isla de la Gaiola, pero también en el Castel dell'Ovo (así conocido precisamente por un huevo mágico que Virgilio guardó en una jaula de hierro suspendida de la bóveda de cierta alcoba secreta, huevo que quizá contuviera la última porción visible del cuerpo de la adivina) o, incluso, en la tumba de Virgilio. Yo me decanto por esta última alternativa. Cuesta creer que, a la muerte de la sacerdotisa, cuyo cuerpo debió quedar reducido a un grano de arena, se le quisiera abrir una nueva fosa. Distinto es que se buscara un lugar prestigioso donde sepultarla. El túmulo funerario en el que se supone que fue enterrado Virgilio reúne las condiciones para ello. Cabe incluso que el poeta lo eligiera para sí mismo por eso. En su tiempo, todos debían de saber dónde descansaban los restos mortales de la adivina. El vínculo con esta quedaría sellado así para la eternidad y se aclararía la leyenda de su póstumo enamoramiento.

V

LA TUMBA DE LA VESTAL

Por uno de esos azares maravillosos que constituyen la gracia de la civilización, el mejor sitio del mundo para evocar el origen de Roma no es la propia ciudad imperial, con sus ruinas flanqueadas de palacios e iglesias, ni ningún otro lugar de la península itálica, sino una lujosa mansión lisboeta de la parroquia de la Misericordia, el palacio Quintela. Sus dueños quisieron, a principios del XIX, que un prometedor artista, el malogrado Antonio Manuel Fonseca, recreara al fresco en una estancia de la segunda planta el primer capítulo de *Ab Urbe Condita*, libro que Tito Livio consagró a la aurora de la civilización romana. El resultado del proyecto quizá no sea perfecto, pero, gracias al acierto de la composición, la bravura del dibujo, el tamaño casi natural de las figuras y la intensidad tizianesca de los colores, consiguió sin duda su propósito. Basta con abrir bien los ojos y recorrer lentamente con ellos las paredes donde se despliegan los acontecimientos para sentirse en medio de los episodios representados. Que todo ello forme hoy parte de la decoración de un elegante bar, y que el espectador sea un cliente con una copa en la mano, no aminora en absoluto el efecto, puede incluso que lo contrario.

En Europa todos somos hijos de Roma. No hace falta visitar museos y monumentos para comprenderlo. Su huella está por todas partes. También en lugares donde no se espera hallarla porque siglos de veneración por lo clásico nos han habituado a verla como algo especial, una suerte de reliquia que hay que guardar igual que un tesoro, ajeno ya a la vida. Nada más lejos de la verdad. Basta con hacer un viaje por los territorios del antiguo Imperio romano para ver coliseos, puentes, calzadas, molinos, fortalezas o baños en uso. E igual ocurre con sus mitos y los personajes de su historia. Por eso, cualquiera que haya pasado por la escuela reconoce sin dificultad a los protagonistas del fresco de Fonseca.

¿Quién no ha escuchado hablar de Rómulo y Remo? Podemos haber olvidado el nombre de sus progenitores, el dios Marte y Rea Silvia –una sacerdotisa de Vesta a la que el dios sedujo en un bosque mientras buscaba agua para los sacrificios–, pero seguro que ninguno de nosotros precisa que se le recuerde cómo fueron amamantados por una loba cuando la madre se vio obligada a abandonarlos a orillas del Tíber. Miles de restaurantes exhiben en sus cartas la loba capitolina con los gemelos bajo las ubres. Lo que quizá no recuerde todo el mundo es que, a pesar de que el abuelo de los niños y padre de Rea Silvia, Numitor, rey de Alba Longa, hizo cuanto pudo por protegerla y salvar a sus nietos, las cosas siguieron el curso establecido de antemano por el destino. El deber sagrado de las vestales era permanecer célibes durante treinta años y aquel embarazo constituyó una calamidad desde el punto de vista religioso. Los chiquillos debían morir y, por ello, se ordenó que fueran abandonados a orillas del Tíber. De no haber sido por los tiernos cuidados de una loba, animal que en la cultura romana se asociaba a la guerra, negocio de Marte, y luego por la bondad de un pastor que decidió prohijarlos, los clientes del palacio Quintela no podrían hoy disfrutar de las peripecias que llenan y embellecen sus paredes.

Tito Livio, la fuente más fiable de la que disponemos para reconstruir los hechos, asegura que la agreste vida de los gemelos se desarrolló entre labores del campo y actos de bandidaje, motivados probablemente más por el deseo de correr aventuras y divertirse que por codicia. Era lo que suponía vivir fuera de la ciudad, al margen de la ley, y ser hijos de quien eran. Curtidos en todo género de peripecias, se volvieron tan intrépidos y osados que llegaron a dirigir una banda lo bastante poderosa como para atacar un día Alba Longa y reponer en el trono a su abuelo Numitor, depuesto por Amulio, un hermano suyo. Ni que decir tiene que ellos de estas relaciones familiares no sabían nada. Fueron instrumentos de la providencia. Solo así se explica que decidieran fundar más tarde junto a sus seguidores, la mayor parte de ellos proscritos y gente de mal vivir, su propia ciudad.

Las ciudades, lejos de lo que hoy se cree, no surgieron al azar, fruto de la mera agregación de casas. En la antigüedad, la fundación de una ciudad constituía un hecho de trascendencia que se programaba con antelación y se ejecutaba de acuerdo con rituales precisos. Pausanias, el gran viajero del siglo II, deja constancia en sus libros de que en todas las ciudades griegas existían monumentos que recordaban tanto el nombre de su fundador como sus hazañas personales. Los ciudadanos sentían así que no solo formaban parte de un mismo lugar, sino que estaban hermanados entre sí por un mismo origen.

La creencia común durante el primer milenio a. C. era que una ciudad erigida sin respetar los ritos prescritos no prosperaría. El oráculo del adivino, el fuego del sacerdote y el himno del poeta eran, por eso, elementos rituales imprescindibles en su fundación. A fin de cuentas, nadie deja el solar de sus antepasados para compartir con otros el espacio, las leyes y los dioses sin tomar antes algunas medidas profilácticas. Ahora las cosas acontecen de otra manera. No es solo que la religión haya dejado de contar en el plano público, es que para formar parte de una ciudad basta simplemente con sumarse a ella.

Roma, la ciudad erigida por Rómulo y Remo, comenzó a existir el 23 de abril del año 753 a. C. Eso aseguran los historiadores de la antigüedad. Todos coinciden además en señalar que la fundación se llevó a cabo según los ritos consignados en los libros litúrgicos de los etruscos. Mientras que en Grecia se escogía el emplazamiento de una nueva ciudad consultando a la pitia del Oráculo de Delfos, en Etruria lo habitual era recurrir a los augures, quienes con ese propósito observaban cuidadosamente el vuelo de las aves. Fueron estas las que llevaron a los gemelos a escoger una de las siete colinas donde luego creció Roma, la colina del Palatino, el sitio marcado por el destino.

Una vez elegido el lugar, Rómulo ofreció un sacrificio a los dioses y, para que aquellos que lo acompañaban se purificasen, prendió un fuego de zarza a través del cual pasaron todos, uno tras otro. Hecho esto, cavó un agujero en el suelo y arrojó allí un puñado de tierra traída de Alba Longa, la ciudad de la que procedían la mayoría de ellos, y lo mismo hicieron a continuación quienes procedían de otros sitios con la tierra que, con tal objetivo, habían portado desde sus lugares de nacimiento. Esta ceremonia garantizaba la legitimidad religiosa del cambio de patria, pues junto con la tierra se creía que iba el espíritu de los antepasados sepultados en ella.

El agujero, una vez cubierto, fue conocido como *umbilicus urbis*, el ombligo de la ciudad, y también como *mundus*, un nombre muy apropiado precisamente porque en él se juntaban todas las tierras de procedencia de los fundadores. Añadamos, porque se trata de un detalle muy importante en la historia que de sí mismos hicieron los romanos, que los albanos procedían de los lavinios y estos de los troyanos. Virgilio cuenta en la *Eneida* cómo Eneas, el último gran héroe troyano, trasladó los dioses patrios a Lavinio tras caer su ciudad en manos de los aqueos. Este tipo de conexiones no eran insignificantes para la mentalidad antigua. De acuerdo con la lógica de la época, Roma se había convertido en la nueva Troya. Finalizado el rito, se elevó en ese mismo lugar un altar y se encendió un fuego. Sobre ese fuego sagrado se construiría posteriormente el templo de Vesta, la diosa del hogar, símbolo de la fidelidad en la que descansan la unidad de la familia y la comunidad. Las vestales, sus vírgenes sacerdotisas, patricias de origen aristocrático a las cuales hasta los propios cónsules estaban obligados a ceder el paso, se encargaban de velar porque la llama sagrada ardiera día y noche. El templo de Vesta era, naturalmente, el hogar de Roma y, en consecuencia, su centro religioso.

Establecido el centro, tocaba fijar los límites, que Rómulo trazó con un arado tirado por una vaca, símbolo de las matronas que cuidan la ciudad mirando por sus hijos, y un toro, símbolo de los guerreros que la defienden del enemigo. El perímetro trazado fue considerado un espacio sagrado que nadie podía traspasar. Remo lo hizo y Rómulo lo mató. La audacia sin límites del difunto, buena para encabezar a una banda de malhechores, no podía ser tolerada al constituir un nuevo orden político. Los ciudadanos tienen que respetar los límites cuya violación torna inviable la vida en común. Hablando espiritualmente, esos límites son los de la ley. En términos materiales, se trata de las murallas urbanas, las cuales se alzaron justo encima del surco dejado por el arado de Rómulo. Allí donde este levantó la reja, se abrieron las puertas, única vía de comunicación entre el recinto cerrado de la urbe, ámbito en el que reina la libertad, y la naturaleza, el mundo indefinido y sin ley en el que habían vivido hasta entonces aquellos proscritos. Parece obvio, desde luego, que el crimen de Rómulo no fue un hecho baladí. Encerró una enorme importancia simbólica.

Roma atrajo desde el primer día a toda clase de apátridas: criminales, forajidos, esclavos huidos, deudores insolventes, gente muy conflictiva que los historiadores futuros no dudaron en considerar lo peor en kilómetros a la redonda. Lo que no había allí eran mujeres y sin mujeres no hay porvenir que valga. A fin de remediar el problema, Rómulo envió emisarios a los pueblos de la comarca ofreciendo pactos militares y acuerdos matrimoniales. Como era previsible, dada la pésima fama de los habitantes de Roma, la invitación fue rechazada. A los romanos no les quedó entonces otra alternativa que recurrir al engaño. Para atraer a sus vecinos, organizaron una carrera de caballos en honor a Neptuno a la que acudieron los sabinos y sus esposas. En medio de la fiesta, cuando nadie lo esperaba, Rómulo hizo una señal y atacaron a los invitados. Mientras estos se defendían y huían con dificultad, sus anfitriones aprovecharon para secuestrar a las mujeres. Ellas no se lo pusieron nada fácil –en el fresco de Fonseca se puede comprobar que se opusieron con todas sus fuerzas–, pero una vez que cayeron en su poder y comenzaron a vivir una nueva vida, las propuestas matrimoniales de sus captores dejaron de sonarles tan mal como al principio y, al fin, acabaron por aceptarlas.

Ni que decir tiene que a los sabinos no les hizo gracia cómo quedaron las cosas. En cuanto les fue posible, y tardaron varios años, organizaron un ejército para recuperar a sus esposas y castigar a los secuestradores. Pero Roma era una ciudad fuerte, difícil de conquistar, y los romanos gente muy diestra con las armas, así que tuvieron que esperar e ir pensando en alguna estratagema con la que rendirlos. La astucia y el engaño no eran patrimonio exclusivo de los romanos y los sabinos encontraron la forma de hacerles pagar el daño recibido con su misma moneda. La oportunidad se presentó al descubrir que Tarpeya, la hija del comandante de la ciudadela, una ingenua virgen vestal, salía a menudo fuera del recinto urbano para buscar agua en un bosque próximo. Después de observarla con atención, dos jóvenes sabinos se acercaron a ella con intención de sobornarla. A cambio de que les facilitara acceso franco a la fortaleza estaban dispuestos a entregarle lo que pidiera. Tentada por el oro de los brazaletes y los anillos de los sabinos, ella accedió diciéndoles que, a cambio, le entregarían todo lo que llevaran en los brazos. Fue una terrible equivocación formular la petición en tales términos, pues los sabinos eran hombres de palabra y, cuando conquistaron la ciudadela, la cumplieron estrictamente. El problema es que como en ese momento no iban en son de paz, lo que llevaban encima no eran brazaletes y anillos de oro, sino pesados escudos que arrojaron sobre la muchacha.

¿Murió Tarpeya, como dice la tradición, o sobrevivió malherida y fue arrojada después desde la roca que lleva su nombre, más tarde convertida en patíbulo para traidores? Los historiadores discrepan entre sí. Unos creen que fue enterrada donde murió y que ese lugar se halla justo bajo la roca Tarpeya. Otros sostienen que fue en el *campus sceleratus*, terreno próximo a la Porta Collina, donde hubo una celda subterránea en la que eran recluidas hasta morir las vestales que perdían la virginidad. Esta hipótesis tiene, sin embargo, un problema en su contra, y es que la costumbre de llevar allí a la vestal culpable de romper sus votos para dejarla morir en soledad –la celda contenía una cama y alimentos para varios días a fin de que el sufrimiento se alargara– es muy posterior.

En lo que no hay controversia es en que las sabinas mediaron entre sus nuevos y antiguos esposos evitando una carnicería. No sabemos en qué consistió el acuerdo, conocido luego como "la paz del Lacio", pero lo cierto es que romanos y sabinos ya nunca volvieron a tener problemas. Para sellar el pacto, se escogió precisamente la roca Tarpeya. A la larga la traición de la joven vestal resultó favorable. Puede que por eso su tumba fuera un lugar señalado. En los idus de febrero, las vestales se reunían allí y hacían libaciones y sacrificios en recuerdo de los parientes fallecidos. Era el inicio de una serie de fiestas conocidas como Parentalia. Pero todo esto ha sido arrastrado al mar del olvido por el río torrencial de la historia. Fonseca trató de impedirlo en las paredes del palacio Quintela. Los clientes del bar de la segunda planta pueden dar fe de ello.

VI

LA TUMBA DEL REY ARTURO

Tras el colapso del Imperio romano y como el resto de las provincias occidentales, Britania sufrió un larguísimo periodo de caos. Durante mucho tiempo nadie fue capaz de reunir en sus manos el poder necesario para restablecer el orden que habían garantizado las legiones. El surgimiento de nuevas monarquías y la recuperación de viejas alianzas tribales no ayudaron a restaurar el equilibrio habido hasta entonces, sino que incrementaron más bien la confusión. Por si fuera poco, los fuertes contingentes de anglos y sajones que habían acudido a la isla para servir como mercenarios a los britanos en su interminable lucha contra pictos e irlandeses optaron por quedarse allí y tratar de conquistar el territorio. La figura de Arturo, último defensor de una civilización agonizante, se alza en aquel desorden igual que un relámpago que ilumina la noche y luego se apaga dejando el recuerdo de un brillo cegador.

Para un hombre tan ambicioso había, efectivamente, mucho que hacer en aquellas circunstancias, y aunque consiguió, por un tiempo al menos, que la anarquía reinante no aniquilara todo vestigio de vida civilizada, al final su obra se desplomó sin dejar huella. ¿Dónde está Camelot?, ¿qué queda del poderoso reino de Arturo? Hasta tal punto fue definitivo su fracaso que la historia no puede asegurar que fuese un personaje real. Ni los documentos ni la arqueología acreditan su existencia.

De no ser por los trovadores que, a partir del siglo xii, cantaron sus gestas, el nombre de Arturo hace mucho que no diría nada a nadie. El motivo por el que se convertiría en el protagonista de la literatura medieval no fue, sin embargo, su heroica determinación para enfrentarse el caos y defender el país de las invasiones extranjeras, sino su condición de noble caballero cristiano entregado a la defensa de los inocentes y la búsqueda del cáliz que utilizó Jesús en la última cena. El santo grial, nombre con que sería conocida la reliquia, había sido entregado en el monte Calvario a José de Arimatea a cambio de la tumba donde fue enterrado el cadáver de Cristo. No era el precio de una transacción –José era un acaudalado comerciante que profesaba el cristianismo–, sino más bien un simple recuerdo reclamado por alguien que tuvo una relación especial con Jesús, bien por ser pariente de la Virgen María, bien por haber ejercido la tutela del niño a la muerte de José, su padre putativo.

A diferencia de los apóstoles, amedrentados con la posibilidad de que los romanos los sometieran a una tortura similar a la del maestro, José de Arimatea no huyó de Jerusalén tras la dramática jornada del Calvario, sino que, demostrando una enorme confianza en sí mismo, acudió al palacio de Poncio Pilatos y solicitó permiso para sepultarlo. Puede que se sirviera de sus influencias como miembro del Sanedrín, tribunal supremo judío, o quizá pretextó su condición de familiar del reo, lo cierto es que se las arregló para descolgar el cuerpo de la cruz y trasladarlo a la tumba que había adquirido años antes para sí mismo. Ayudado por Nicodemo, el único compañero del Sanedrín que, según los cristianos, se negó a condenar a Jesús sin previa investigación, embalsamó el cuerpo con mirra y aloe y lo depositó en aquel lugar, un hueco horadado en la roca que selló deslizando una enorme piedra, la misma que María Magdalena,

María de Cleofás y Salomé encontraron desplazada de su sitio tres días después.

Orgulloso del papel desempeñado en los momentos cruciales de la vida y muerte del Mesías, José se reivindicó más tarde como responsable del destino de su cadáver en un escrito apócrifo donde narra las represalias de que fue objeto por parte de los judíos. Estos lo acusaron de sustraer el cuerpo de la tumba para alentar la patraña de la resurrección y lo encerraron en una torre a fin de que confesara. Allí escuchó una voz que le encomendó la custodia del santo grial, el sudario y otros recuerdos de la pasión. Cuando fue liberado, fletó un barco y abandonó Jerusalén en compañía de Lázaro (el resucitado), Marta y María, María Magdalena y varios miembros del círculo más íntimo de Jesús. El barco los condujo a las costas de Francia, donde residieron por casi treinta años. Tiempo después, en el año 63, cargado con las reliquias que se le habían encomendado, decidió trasladarse a las islas británicas, asentándose en Glastonbury, lugar en el que al poco falleció y fue enterrado.

El prestigio del santo grial no se debe solo a haber sido la copa de la consagración del vino en la última cena, sino también al milagroso poder para sanar que adquirió tras servir como recipiente de la sangre de Cristo. El episodio se relata en el Evangelio de Juan. Unos legionarios se acercaron a la cruz donde agonizaba Jesús para romperle las piernas y acelerar así su muerte (los romanos llamaban a esta piadosa práctica *crurifragium*), pero, cuando iban a proceder a realizar la operación, advirtieron que no valía la pena porque ya había expirado. A fin de cerciorarse, un centurión cogió una lanza y le atravesó el costado. De la herida brotó un chorro de sangre y agua que José de Arimatea, al que presumiblemente acababan de entregar la copa en recompensa por la tumba, se apresuró a recoger para evitar que se derramara.

Si el vino bendecido de la última cena, evocado en la euca-
ristía, el más importante de los sacramentos cristianos, remite
simbólicamente a la vida eterna; la sangre de Jesús proporcionó
al cáliz un poder efectivo contra la muerte, la muerte física, algo
de lo que al principio nadie tuvo conciencia, pero que luego,
a medida que fue extendiéndose el rumor de su milagrosa potencia, lo convertiría en un preciado tesoro. La existencia de
un remedio contra la muerte, esa muerte a la que los caballeros
medievales tentaban cada vez que se acorazaban con sus arma-
duras, ejerció sobre ellos un efecto magnético que los impulsó a
remover cielo y tierra para encontrarlo.

Nadie sabe en qué momento exacto se perdió la pista al santo
grial, aunque cuatro siglos después de morir Cristo, en la época
del rey Arturo y los miembros de la tabla redonda, eran muchos
los que lo buscaban. Las aventuras de Perceval, Tristán, Lancelot
y otros caballeros que, ansiosos por conseguir la reliquia, no dudaron en atravesar bosques impenetrables, luchar contra bes-
tias fabulosas o asaltar tétricos castillos para rescatar doncellas
cautivas, generaron más tarde una prolífica literatura popular
leída en toda Europa, lo más parecido que haya habido a la
afición contemporánea por las novelas de detectives. La fantasía de poetas y charlatanes enriquecería no solo el patrimonio
literario, sino también el artístico, pues al cabo de cierto tiempo
llegaron a contarse una docena de santos griales repartidos por
todo el continente.

El hallazgo del santo grial se reservaba al más puro de los
caballeros, no al más fuerte, ni al más valiente o astuto. La virtud suprema en el mundo cristiano es la santidad y, por eso,
Perceval triunfó donde Aquiles y Ulises habrían fracasado.
Arturo, pese a sus indiscutibles cualidades como líder, no era
ciertamente el hombre apropiado para aquella empresa. Su vida estuvo marcada desde la cuna por el pecado. Incluso su mis-

ma concepción fue fruto de una pasión escandalosa. Su padre, el rey Uther, se encaprichó de tal forma de la esposa del duque de Tintagel, que declaró a este la guerra a fin de apoderarse por la fuerza de ella. No era la primera vez en la historia que un soberano ponía el mundo patas arriba por una mujer, pero la existencia de precedentes no justifica, desde luego, el sangriento sacrificio de vidas que preparó el padre de Arturo. Incapaz, sin embargo, de conquistar Tintagel, la fortaleza donde el duque se había refugiado, tuvo que recurrir a una argucia. Ayudado por el mago Merlín, descubrió un pasadizo secreto que llevaba a la torre del castillo, donde se encontraba la alcoba ducal y, para garantizarse el éxito de su visita, sobornó a una criada de la duquesa para que le diera un filtro que, además de hacerle experimentar un apetito sexual irresistible, la ofuscara de forma que fuera incapaz de distinguirlo de su marido. Todo salió según lo previsto y fruto de la unión entre Uther y la duquesa nació Arturo, a quien Merlín secuestró en la cuna para criarlo lejos de la influencia materna.

Hoy cuesta aceptar estas viejas historias de filtros y hechizos, aunque sabemos de la existencia de drogas que privan a las personas de la voluntad o las llevan a confundir la realidad con sus fantasías. En los siglos oscuros debieron de utilizarse frecuentemente sustancias similares. No se explica si no el prestigio de los brujos. Elaine, hija del rey Corbenic, sedujo a Lancelot, hasta entonces consagrado a la reina Ginebra, haciéndole creer que era ella la esposa del rey Arturo. La leyenda asegura que se sirvió de un filtro para engatusar al caballero, pero tal vez todo se redujera a un mero problema de iluminación. Las fortalezas medievales, da igual que hablemos del siglo v que del siglo xiv, permanecían en la más completa oscuridad desde la caída del sol hasta el alba y los encuentros, acordados o fortuitos, debieron de estar a la orden del día. A pesar de las admoniciones religiosas, los deslices fueron habituales. Basta con recordar la cantidad de embarazos de once meses documentados en la historia. El marido se iba a la guerra y después no había forma de que salieran las cuentas. Tampoco es tan raro que las cosas fueran así. La Edad Media era menos pacata de lo que se piensa. El cinturón de castidad es un invento de los ilustrados para denigrar aquella época. Lo que sí es cierto es que los matrimonios solían acordarse a espaldas de los contrayentes y que las diferencias jerárquicas favorecían el abuso. Basta con citar los líos eróticos de la reina Ginebra para hacerse una idea de lo difícil que tuvo que ser en aquel contexto evitar la tentación: su adulterio con Lancelot, por el que el rey Arturo la condenó a la hoguera, o su *affaire* con Mordred, sobrino del monarca, quien supuestamente la sedujo para apoderarse del trono aprovechando que su tío estaba fuera intentando vengarse del traidor.

El adulterio, pecado que amenaza la estabilidad social y la continuidad genética de los linajes, fue positivo para las casas reales. La costumbre de casarse solo con personas del mismo rango y, a la larga, emparentadas entre sí, representó una amenaza biológica con consecuencias desastrosas para las principales dinastías. La aportación clandestina de sangre fresca renovaba el legado cromosómico, lo cual resultó a menudo una bendición para las familias regias. En el caso de Arturo y Ginebra, aún en los albores del Antiguo Régimen, o sea, antes de que la Iglesia encontrara la fórmula de compromiso que permitió la convivencia entre los bárbaros conquistadores y la población autóctona romanizada, los deslices de la reina no tuvieron los efectos deseados, pues ni fue capaz de engendrar un heredero ni el reino sobrevivió a su marido. Aunque los sabios discrepen –para unos, la causa de los devaneos eróticos de Ginebra fue una sexualidad ardiente; para otros, la ausencia de un vástago que asegurara su posición en la corte–, hay motivos razonables para sospechar que Arturo era más que estéril. Varios estudiosos han llegado a barajar la hipótesis de que el santo grial no fuese lo que se ha dicho siempre, sino un remedio contra la impotencia. Claro que no hay que tomar demasiado en serio este tipo de conjeturas. Si los autores medievales tejieron centenares de historias dejándose llevar por la fantasía, los actuales explotamos la desmitificación y la deconstrucción con el mismo prolífico objetivo.

Innegablemente, la atracción entre Ginebra y Lancelot tuvo un fuerte componente sexual. Que los poetas medievales acentuaran los aspectos románticos de la relación es un evidente anacronismo. En la época de los caballeros de la tabla redonda no existía el amor cortés. Desde luego, sorprende que el ideal erótico medieval estuviera tan ligado a la corte de Camelot cuando la propia reina sucumbió a la tentación del adulterio y Lancelot, arquetipo del caballero, manchó su nombre al traicionar a su rey y amigo. El salvador de doncellas, siempre del lado de la virtud, no pudo evitar esa vez el pecado, aunque hay que ser prudentes, pues no fue él quien bajó a Ginebra del pedestal erótico donde ponían los trovadores a las grandes damas, sino ella la que descendió a la tierra y empujó a Lancelot a traicionar su destino. Podría decirse que el deseo venció al ideal, pues lo que hubo entre ellos desde que se conocieron fue eso: un deseo de consecuencias nefastas para todos.

El amor surgió antes de que Arturo y Ginebra contrajeran matrimonio. Lancelot, a quien el rey encomendó la tarea de escoltar a su futura esposa, se enamoró de ella de camino a Camelot. Ginebra le correspondió, aunque sin arriesgar su buen nombre, quiero decir, su virginidad. Tras la boda, los enamorados mitigaron su pasión con sublimaciones poéticas. El adulterio iba en contra de los preceptos eclesiásticos, de la ley y, por supuesto, del interés del monarca, ansioso por engendrar un heredero que le sucediera. Pero la contención duró poco, quizá porque Arturo no estaba a la altura de las expectativas de la reina o porque esta empezó a pensar que su situación en la corte peligraba. Nadie puede saber el momento exacto en que ocurrió, pero que los amantes cayeron uno en brazos del otro es un hecho seguro. ¿Supieron aquel día que su traición acarrearía el final de Arturo y del reino que tantos esfuerzos le había costado consolidar?

Si algo tiene la ofuscación sexual es que no deja pensar en otra cosa, exactamente igual que ocurre con los celos. Prueba de ello es que cuando el monarca conoció la infidelidad de Ginebra olvidó sus principios y reaccionó como cualquier hombre de la época. La felonía de que había sido objeto era motivo suficientemente grave como poner patas arriba el mundo y castigar a los culpables. Si el reino sucumbía hecho pedazos, la historia lo disculparía. Aquel en quien los britanos confiaban para enfrentarse a la barbarie acabó conduciéndose, a la postre, como un bárbaro. Primero expulsó a Lancelot del reino y luego ordenó quemar a la reina. Lancelot, que no podía consentir que su amada muriera de semejante manera, acudió con un ejército para rescatarla, cosa que consiguió gracias a un hábil golpe de mano. Mientras Ginebra era conducida al monasterio de Glastonbury, Lancelot, perseguido por el rey, huyó del reino. Camelot, entretanto, quedó a cargo del sobrino de Arturo, Mordred, el mismo que había denunciado el adulterio. Aprovechando la situación, Mordred fue a por la reina, la llevó de nuevo a Camelot y allí la sedujo. Suplantar al monarca en su lecho era entonces la forma más rápida y directa de coronarse rey. ¿Estaba Ginebra de acuerdo o fue una víctima de las circunstancias?

Arturo, a su vuelta, tuvo que luchar con Mordred para recuperar el trono. La batalla resultó desastrosa para ambos. El usurpador cayó en combate y el rey fue mortalmente herido y conducido a la isla de Ávalon, una colina en medio de los pantanos de Somerset donde se alzaba un santuario cuyas sacerdotisas gozaban de fama como curanderas. Lo que sucedió allí nadie lo sabe. De dar crédito a la recreación de Edward Burne-Jones, el rey fue cuidado en un palacio por nueve mujeres de incomparable belleza. Pero esto, claro, pertenece a la leyenda. Lo más seguro es que Arturo falleciera a causa de las heridas y que sus desconcertados servidores, conscientes de las consecuencias de su desaparición, alimentaran durante todo el tiempo que pudieron las esperanzas de sus súbditos con el cuento de un próximo regreso. Al final, este se demoró tanto que Ávalon terminaría convirtiéndose en la mitología popular en una especie de más allá y Arturo en algo así como el mesías político británico, el héroe que salvará a la nación cuando ella más lo necesite.

De lo que no cabe ninguna duda es de que, antes o después, el cuerpo del rey tuvo que ser sepultado. El lugar escogido, que no podía encontrarse lejos de donde ocurrió la batalla, ni tampoco de la isla de Ávalon, a donde trasladaron al monarca, fue Glastonbury, precisamente el mismo sitio en el que se instaló José de Arimatea cuando atravesó el canal de la Mancha. Lo que no se hizo, claro, fue divulgar la localización de la tumba. Había que evitar que nadie esgrimiera el cadáver del rey como bandera. Infelizmente para los britanos, ni siquiera hubo un monarca ilegítimo que se opusiera a las sucesivas oleadas de bárbaros que invadieron el país. Mucho después, a finales del siglo XII, cuando las cosas comenzaban a aclararse y las islas evolucionaban gradualmente hacia la estabilidad, el abad de Glastonbury, dando pie a la leyenda popular de que la tumba del mítico rey se hallaba en la zona, organizó su búsqueda. El resultado no pudo ser más satisfactorio, pues pronto se descubrió un ataúd de roble de dos metros de largo con una inscripción en latín que no dejaba dudas acerca de la identidad del difunto. "Aquí yace el ínclito rey Arturo", decía.

Más tarde, a principios del XIII, aprovechando la reforma que hubo que hacer en la abadía tras un devastador incendio, los huesos del monarca fueron llevados en un lujoso cofre a la iglesia y sepultados con todos los honores en la capilla oriental. Glastonbury atrajo desde entonces a multitud de peregrinos deseosos de conocer el monumento dedicado al legendario rey. Envidiando esta fama póstuma, otros reyes también quisieron enterrarse allí, uno de los templos más lujosos de Inglaterra.

El abandono de las instalaciones en 1539 tras la disolución de los monasterios ordenada por Enrique VIII (el último abad, Richard Whiting, fue colgado y descuartizado por oponerse a la medida) hizo que cayera en la ruina hasta llegar al lamentable estado actual. Ni la creencia en su fundación en el año 63 por José de Arimatea, ni su prestigio entre los clérigos como plaza previa al siempre deseado arzobispado de Canterbury, ni la tradición según la que allí reposaban los restos de Arturo impidieron su destrucción y la pérdida de sus riquezas, incluido el sarcófago que contenía los huesos del monarca. Más aún, y para justificar el sistemático expolio de que fue objeto, los funcionarios reales esparcieron el rumor de que el enterramiento fue una invención de los monjes del siglo XII para atraer peregrinos que ayudaran a sufragar los gastos de reconstrucción del edificio, y que en el féretro donde yacía supuestamente el cadáver de Arturo nunca hubo nada. Los monjes que sobrevivieron a las represalias se defendieron desde el exilio francés acusando a los funcionarios reales de acabar con la tumba, saqueando su contenido y profanando los restos como si en vez de pertenecer a un rey que dio su vida por defender la unidad de Gran Bretaña pertenecieran a un muerto cualquiera, insignificante y anónimo. Decidir de qué lado se inclina la verdad es a estas alturas imposible, aunque últimamente abundan los investigadores que dan crédito a los sicarios del rey Enrique para justificar sus pretensiones de haber descubierto la verdadera tumba de Arturo o del supuesto caudillo que inspiró la leyenda medieval.

El único testimonio fiable sobre cómo eran la abadía de Glastonbury y la tumba de Arturo se lo debemos a John Leland, autor a mediados del XVI de una monumental obra compuesta por ocho volúmenes donde se describen los principales edificios británicos de la época. Según sus palabras, era un edificio gótico de tres naves, magníficamente ornamentado e iluminado gracias a sus hermosas vidrieras. El sarcófago de Arturo, de mármol negro, reposaba sobre cuatro leones y estaba situado en la parte oriental de la abadía. Leland, que visitó las instalaciones en 1530, asegura que por su estilo y decoración recordaba a los sarcófagos romanos, aunque no ofrece más detalles. Lo único que tenemos para hacernos una idea de cómo era es la reconstrucción imaginativa de Dominic Andrews, pintor contemporáneo especializado en fantasías arqueológicas. A la fantasía, en esta ocasión, no le queda otro remedio que conformarse con la fantasía.

VII

LA TUMBA DE LA PAPISA JUANA

Aunque la Iglesia católica no permite a las mujeres profesar el sacerdocio ni desempeñar las altas magistraturas de las que dependen su organización y funcionamiento, la silla de Pedro fue ocupada durante dos años, cinco meses y cuatro días por una mujer. Sucedió a mitad del siglo IX, entre los años 855 y 858. Nunca más ha vuelto a ocurrir. Para impedirlo, se instauró un procedimiento expeditivo en las ceremonias de coronación: la silla de virilidad, también conocida como *sedia stercoraria*, gracias a la cual podía verificarse antes de seguir adelante si el pontífice era hombre o mujer. *"Duos habet et bene pendentes"*, proclamaba el cardenal más joven tras introducir la mano por la hendidura practicada en medio del asiento y confirmar que su santidad poseía los dos testículos que manda la ley.

La costumbre, extinguida hace siglos, nació entonces. Antes a nadie se le hubiera pasado por la cabeza que una mujer alcanzara un puesto como ese y menos desde que, a fines del siglo VIII, época en que los reyes francos extendieron su influencia a la península itálica, ser obispo de Roma significó gobernar los territorios del Estado Pontificio y ejercer de árbitro en las disputas entre los reinos cristianos. La donación de Constantino, fraude documental con que se justificó la preponderancia política del papa, desencadenó una pelea sin cuartel entre las principales familias romanas, ansiosas por convertir la Iglesia en su propio feudo. No en vano las llaves del apóstol abrían las puertas del cielo y también las de algunas ricas ciudades convertidas ahora en presas suculentas. Cuando León III, sirviéndose de aquella falaz prerrogativa, coronó en la Navidad del año 800 a Carlomagno emperador de Occidente, Roma volvió a brillar como capital del mundo. ¿Quién iba a imaginar en este contexto que una plebeya disfrazada de monje podría arreglárselas para ocultar su melena bajo las tres coronas de la tiara papal?

Pero así fue. Leyendas, cronicones y un busto en la hilera de pontífices de la catedral de Siena con la inscripción *"femina ex Anglia"* (extraído de allí por Clemente VII y desde entonces en paradero desconocido) confirman que reinó sobre la Iglesia con el nombre de Juan VIII, aunque algunos han barajado asimismo la posibilidad de que la papisa fuera su sucesor, Benedicto III. Cierto y seguro solo es que su nombre de pila no era Juan ni Benedicto, sino Agnes, y que nació en 818 en Ingelheim, pequeña ciudad de Maguncia. Sus padres, un monje inglés discípulo de Escoto Erígena y una mujer de la calle que sentó cabeza en su compañía, partieron de Inglaterra en dirección al reino de Carlomagno poco después de que este, tras derrotar a los sajones, decidiera bautizarlos arrancándoselos de las manos a Thor, Wotan, Irminsul y otros sucedáneos del verdadero Dios.

Piadosa como el padre y hermosa y pizpireta como la madre, la futura papisa dio pruebas de una precoz predisposición para los asuntos religiosos. Apenas perdidos los dientes de leche era capaz de recitar el padrenuestro en inglés, griego y latín. Con diez años, predicaba la palabra de Cristo ante sus compañeras de juegos. A los dieciséis, ya huérfana y obligada a elegir entre la senda de la virtud por donde había ido hasta entonces conducida por sus progenitores o la más cómoda del vicio, alternativa para que la naturaleza le había proporcionado atributos apreciables, prefirió sin vacilar la primera. La firmeza de su fe la llevó hasta el convento de Mosbach, lugar santo donde, sin embargo, acabaría descubriendo que los caminos de la vida, a diferencia de los de la moral y la geometría, rara vez son paralelos.

El convento, fundado por santa Biltrude, poseía una selecta biblioteca con sesenta y siete volúmenes que ella estudió con ahínco. Muy pronto estuvo familiarizada con las doctrinas de los santos padres y recitaba de memoria fragmentos enteros de las Sagradas Escrituras. Dedicada en cuerpo y alma a sus estudios y oraciones, convirtió la soledad, el silencio y la quietud en algo parecido al paraíso. El temor que le producía la condenación eterna lo suplía con la esperanza en la salvación, y las tentaciones que con frecuencia asaltaban su imaginación, con la disciplina de un corazón puro volcado en las bienaventuranzas celestiales. Tras leer las *Epístolas* de san Pablo, las *Confesiones* de san Agustín, el tratado de san Basilio *Sobre la virginidad* y los textos de Orígenes *Sobre la abnegación*, Juana estaba preparada para disputar sobre cualquier asunto con cualquier doctor familiarizado con los dogmas de la religión. Ningún misterio, por intrincado que fuera, resultaba inaccesible a la mente de aquella muchacha dotada por naturaleza con la gracia de la teología.

¿Por qué razón decidió entonces hacerse pasar por hombre? ¿No era suficiente para ella la piadosa existencia que llevaba? Emmanuel Royidis, el autor que más a fondo ha investigado los primeros años de la futura papisa, sostiene que el motivo fue ocultar sus relaciones con un monje del que se prendó inesperadamente y por el que se fugó del convento. Es mejor confiar los detalles del encuentro a la fantasía personal, aunque conviene tener en cuenta que las costumbres eran entonces mucho menos estrictas de lo que fueron en tiempos posteriores. Lo que sí parece seguro es que Agnes y su amante no encontraron otra forma de apagar su pasión que quemándose en ella. No es extraño, por eso, que para salir del embrollo hicieran lo que siempre suelen hacer en estos casos los jóvenes enamorados: embrollar aún más las cosas. Como lo que deseaban por encima de todo era permanecer juntos, se les ocurrió que ella podría ingresar en el monasterio disfrazada de monje. Santa Eugenia, precedente al que apelaron en sus charlas a la luz de la luna, había hecho lo mismo con otra intención y solo reveló su identidad sexual cuando, nombrada ya prior de la congregación, tuvo que quitarse la ropa para demostrar que la acusación de violación lanzada por cierta dama casada que, imitando a la mujer de Putifar, intento seducirlo, era obviamente falsa.

Vestidos de benedictinos, llegaron al monasterio de Fulda doce días después de escapar de Mosbach. Nadie sospechó del nuevo monje, quien pronto reveló sus extraordinarias cualidades. El lugar era perfecto para una mente como la suya. Además de una impresionante biblioteca, el monasterio disfrutaba entonces de la guía espiritual de Rabano Mauro, el primer teólogo alemán, cuyas enseñanzas atrajeron a la muchacha tanto como las caricias del amante. Fascinada por su saber, estudió a fondo sus obras, en especial *De Universo libri XXII*, la primera gran enciclopedia medieval, concluida entonces por el abad. Resulta imposible calcular cuántos de los dos mil manuscritos de la biblioteca llegó a estudiar, pero no cabe duda de que su espíritu se benefició con la ampliación de su horizonte intelectual al mundo de los clásicos (en la biblioteca de Fulda había textos de Tácito, Suetonio, Plinio y otros famosos autores de la antigüedad). El *scriptorium*, donde más de cincuenta amanuenses trabajaban de sol a sol raspando pergaminos griegos y romanos y llenándolos luego con sus exquisitas caligrafías y sus aún más delicadas pinturas, debió de producirle la misma sobrecogedora emoción que la estrecha y fría celda donde se abrazaba cada noche con su amado.

Pasaron siete felices años antes de que el engaño fuera descubierto por otro monje de la congregación. El entrometido, harto de las privaciones de la vida piadosa, quiso vender su silencio al precio de los encantos de Juana. La pareja, amedrentada con la peligrosa situación que se abría tanto si aceptaban como si no, decidió huir rápidamente. Se abrió entonces un largo periodo de viajes por diversos países de Europa durante los cuales Juana no cesó de desarrollarse espiritual e intelectualmente al tiempo que menguaba su interés por su acompañante, un hombre vulgar que solo podía complacerla físicamente. Su estancia en Atenas, donde aún podía oírse el eco de los antiguos filósofos, la convenció de que estaba por encima él y, en rigor, de la mayoría de los varones. Si se lo proponía, nada le impediría llegar lejos. Debía apresurarse y dar un giro radical a su vida, por comprometedor y difícil que fuera.

Fue de nuevo el caprichoso azar quien acudió en su ayuda al ofrecerle la oportunidad de abandonar al monje y zarpar en un barco con destino a Roma. La ocasión era de esas que no se repiten y ni siquiera se molestó en despedirse de él. E hizo bien, pues en la ciudad eterna las circunstancias le fueron desde el primer momento muy favorables. No llevaba ni un mes allí cuando pudo entrevistarse con el papa León IV, quien, asombrado con la amplitud y profundidad de su saber, la nombró profesor de Teología en la escuela de San Martin. Por supuesto, nadie se dio cuenta de que no era lo que parecía.

Su fama de sabio versado en los más dispares asuntos se extendió rápidamente, primero porque entonces Roma era una pequeña ciudad, con más monumentos y ruinas que habitantes, y segundo, porque en medio de la tiniebla espiritual que reinaba allí, su sabiduría brilló como una luciérnaga en una noche sin estrellas. Tantos eran sus conocimientos, la perspicacia de su mente y la elocuencia de su lengua que solo dos años después fue nombrada secretario privado del sumo pontífice, trabajo que desempeñó como si no hubiera en la vida tarea mejor que distribuir favores y hacer amigos.

Muerto el santo padre, nadie pensó en otro candidato para sustituirlo que no fuera ella, quiero decir, él. Unos admiraban su sabiduría, otros se sentían en deuda por los favores recibidos o veían en su candidatura la lógica continuación del proyecto de su predecesor, pero, y esto quizá fuera lo fundamental, ninguna de las facciones que luchaban enconadamente por el dominio de Roma temía los atropellos que podrían llegar a cometer sus familiares por la simple razón de que carecía de ellos. ¿Quién mejor para gobernar los destinos de la cristiandad que un hombre sin compromisos de ningún tipo? Con ayuda o a despecho del Espíritu Santo, porque esto nunca llegaremos a saberlo, el cónclave decidió su nombramiento. La ceremonia de coronación se celebró como de costumbre en la iglesia de San Juan de Letrán y seguidamente tuvieron lugar las fiestas habituales, deslucidas por culpa de varios sucesos que algunos consideraron presagios funestos: una nevada en pleno verano o un terremoto que afectó de forma peligrosa a la estabilidad de algunas iglesias.

De su gobierno los historiadores han hablado siempre elogiosamente. Comparado con el que ejerció cincuenta años después otra mujer, Marozia, amante del papa Sergio III y madre y abuela de otros dos papas, fue, desde luego, excelente. De ella nadie pudo decir que convirtiera la Santa Sede en un burdel. Sabiamente, prosiguió la política de fortalecimiento del poder papal diseñada por su predecesor, León IV, a quien la historia recuerda sobre todo por haber organizado la flota que derrotó a los musulmanes en Ostia, última intentona de estos por apoderarse de la península itálica. El hecho tuvo una importancia decisiva porque años antes, en el 846, otra flota árabe había llegado hasta Roma surcando el Tíber. Por fortuna para los romanos, bien protegidos tras sus murallas, los musulmanes tuvieron que conformarse con saquear el Vaticano (las crónicas dicen que arrancaron hasta la plata de las puertas de San Pedro). Los papas no vivían todavía allí, sino en el palacio Laterano. El Vaticano era un simple barrio extramuros. Fue precisamente León IV quien lo fortificó haciendo levantar a los prisioneros capturados la muralla de doce metros que lleva aún su nombre. De no haber ocurrido lo que ahora se dirá puede que la papisa hubiera gobernado Roma hasta su muerte sin ningún problema. Lamentablemente para ella, el tedio y el poder, cosas que solas son peligrosas y juntas desastrosas, hicieron mella en su alma. Igual que muchos de sus colegas masculinos, la papisa comenzó a experimentar la necesidad de un acompañante del otro sexo. El problema es que, si la existencia de concubinas papales no era demasiado chocante entonces, sus deseos —los deseos de una mujer camuflada bajo los atavíos papales de Juan VIII, de Benedicto III, o del pontífice suprimido por las crónicas oficiales que, según especialistas contemporáneos, pudo haber entre ambos— eran muy distintos y, dadas las convicciones de la época, mucho más difíciles de satisfacer.

Cómo se las arregló aquella muchacha de Maguncia, convertida en representante de Dios en la Tierra, para avergonzar a la Virgen y escandalizar a los santos del cielo, es algo que tampoco nadie sabe a ciencia cierta. La hipótesis de Royidis es que se encaprichó del hijo de su predecesor en el solio y que lo sedujo una noche entrando en su habitación como si fuera un fantasma. Naturalmente, nadie puede probarlo ni refutarlo. Lo único seguro es que, fuera cual fuera el procedimiento que empleó la papisa para verse implicada en el contubernio —así denominaban los juristas de la época a la cohabitación de personas del mismo sexo—, desembocó en embarazo, una circunstancia que se mantuvo en secreto hasta el día en que, interrumpiendo la procesión que se dirigía a San Juan de Letrán para pedir por la extinción de la plaga de langostas que asolaba la ciudad, el papa súbitamente dio a luz un chiquillo prematuro. Lo que sucedió entonces es uno de los asuntos más controvertidos de la historia medieval. La creencia más extendida es que, al descubrirse el engaño, la papisa y el recién nacido fueron asesinados por la turba. Jean de Mailly, autor de la *Chronica Universalis Mettensis*, asegura que fue atada a la cola de un caballo y arrastrada durante media legua mientras era apedreada por la multitud, y que luego fue sepultada allí mismo bajo esta cacofónica inscripción: "*Petre, Pater Patrum, Papisse Prodite Partum*" ("Pedro, Padre de los Padres, propició el parto de la papisa"). Algunos especialistas, entre ellos Gregorovius, dan crédito a la leyenda de que el lugar del enterramiento coincide con el lugar donde todavía hoy se alza la capilla dedicada al papa Giovanna (via dei Querceti, 27). Es una hipótesis difícil de justificar, y no solo porque la capilla es más antigua que los hechos narrados, sino porque la imagen que hay en el interior está pintada y no concuerda, por tanto, con el testimonio de los viajeros de los siglos XV y XVI, entre ellos Lutero, que aseguran haber visto en el supuesto emplazamiento de la tumba una imagen conmemorativa en piedra de la papisa con su hijo. ¿Se trata del mismo sitio? Las fuentes sostienen que el parto y la muerte posterior ocurrieron en una calle estrecha próxima a la basílica de San Clemente, a medio camino entre el Coliseo y la basílica de San Juan de Letrán, itinerario de la procesión, pero la via dei Querceti no es la única que satisface esos requisitos. Lo más probable, en todo caso, es que la Iglesia, preocupada con las repercusiones futuras de la historia, se sirviera del viejo expediente romano de la *damnatio memoriae* y borrara cualquier recuerdo del incidente y a su protagonista.

Esto explicaría la inexistencia de referencias a aquella mujer en los documentos oficiales, aunque hasta que no surgió el problema de la infalibilidad papal, discutida por los protestantes, la Iglesia no prohibió hablar de la papisa ni se molestó en demostrar que se trataba, como comenzó a decir entonces, de una vulgar patraña.

Existe una última hipótesis acerca del lugar donde fue enterrada la papisa, a mi juicio la más verosímil. Descansa en un supuesto razonable: el de que la curia, ocurriera lo que ocurriera en aquella infausta procesión, no permitió que el representante legítimo de Dios en la Tierra fuera asesinado por el populacho. Juana y la criatura habrían sido puestos a salvo y enviados en secreto lejos de Roma, quizá a un convento. Otra cosa, claro, es que, con o sin su aquiescencia, se hiciera circular el rumor de que había muerto en el parto. Era la única manera de impedir una crisis de efectos incalculables, convocar un nuevo cónclave y nombrar otro pontífice.

¿Cuál fue el destino de la papisa? Parece ser que Ostia, el viejo puerto de Roma. Allí vivió sus últimos años en completo anonimato cuidando de su hijo, a quien inculcó el espíritu de la Iglesia hasta el punto de que llegaría a ser nombrado obispo de la diócesis. Luego, cuando ella falleció, mandó sepultar sus restos en la basílica de Santa Aurea Antica, junto a los de la mártir que da nombre al templo y los de santa Mónica, la madre de san Agustín. Encontrarlos hoy resulta poco menos que imposible. A finales del siglo xv, en 1479, se construyó la actual iglesia, consagrada por el mayor enemigo del papa Borgia, el cardenal Giuliano della Rovere, luego Julio II. Los huesos de las santas fueron llevados a lugar seguro; del resto no hay noticias.

VIII

LA TUMBA DE DRÁCULA

Una leyenda que los historiadores decimonónicos remontaron por error al siglo xv popularizó la creencia de que los restos mortales de Vlad Dracul, el siniestro personaje que inspiró a Bram Stoker su célebre vampiro, yacían en la pequeña iglesia del monasterio rumano de Snagov. La presencia junto al altar de una lápida con su nombre y una larga tradición oral eran la prueba indisputable.

El monasterio, construido en un islote en medio de un lago rodeado de bosques, reunía sin duda todas las condiciones para servir de panteón a un voivoda de Valaquia. Su emplazamiento en un lugar remoto y su relación con el abuelo de Vlad, quien sufragó su fundación (un hecho relevante dada la costumbre de la aristocracia rumana de enterrarse en recintos religiosos ligados a la familia), confirmaban lo que siempre se había creído. El hecho de que ni su progenitor, de quien tomó el apellido Dracul, hijo del dragón, ni su hermano mayor, brutalmente asesinado cuando él tenía dieciséis años, hubieran sido sepultados allí, nunca extrañó a nadie, ya que ambos murieron a manos de enemigos que, como era costumbre entonces, no devolvieron los cadáveres.

La reputación de ultraterrena malignidad que, gracias a la literatura, adquirió Vlad cuatrocientos años después de muerto, tampoco afectó a la creencia tradicional. A fin de cuentas, y considerado retrospectivamente: ¿qué decisión podría haber sido más prudente por parte de sus herederos que trasladar el cadáver a un lugar inaccesible y depositarlo en un templo desprovisto de lujos externos, aunque decorado por dentro con hermosos retratos al fresco de apóstoles y santos?

Todas estas suposiciones perdieron credibilidad cuando un equipo de arqueólogos constató en 1933, tras excavar a conciencia el templo, que bajo la lápida de Dracul solo había unos huesos de caballo. Esperaban descubrir un esqueleto decapitado –cuando Vlad cayó muerto en una emboscada su cabeza fue enviada a Estambul para ser exhibida primero en una estaca y luego en el nicho de la vergüenza, donde permaneció hasta que fue arrojada a un estercolero–, pero la realidad los obligó a conformarse con impugnar un mito.

El fracaso de la excavación, atribuido por los partidarios de la leyenda a la labor previa de los profanadores, animó a investigar con más cuidado el asunto. Fruto de tales averiguaciones fue, primero, el descubrimiento de que la hipótesis de que los restos de Dracul se encontraban en la isla de Snagov databa del siglo xix, fecha en que obraron supuestamente los expoliadores y, en segundo lugar, la constatación de que la iglesia donde fue enterrado no podía ser la actual, pues el edificio primitivo fue demolido a inicios del xvi y reemplazado por el que ahora conocemos.

¿Quién inventó entonces la historia? Probablemente, los monjes del monasterio, interesados en dotar al lugar de atractivo turístico. Dracul no era cuando lo hicieron el terrorífico vampiro –la novela se publicó en 1897–, pero en el territorio donde actuó con mano de hierro no se necesitaban estigmas literarios para despertar la curiosidad popular.

Otra opción, y no menos convincente, es que se hubiera querido hacer de él un mito patriótico. El nacionalismo, movimiento alentado por la Iglesia en respuesta a la desintegración de las viejas arquitecturas imperiales, jamás dudó en mentir para justificar sus aspiraciones. Incluso los comunistas, herederos del sinuoso estilo eclesiástico, reivindicaron su figura. Ceausescu, en el quinto centenario de su muerte, lo proclamó héroe nacional mientras el Partido Comunista Rumano justificaba la decisión con el argumento de que "hizo lo que debía para garantizar la soberanía del país". Los métodos del sanguinario caudillo quizá fueran los de un verdadero monstruo, pero su monstruosidad no tenía nada de demoniaca. Dracul fue un hombre de carne y hueso, un estadista con los pies en la tierra que, al igual que Stalin, se limitó a derramarla a manos llenas en nombre de un fin superior.

Claro que su reputación de monstruo sanguinario es también cosa de la tradición, y esta una lápida bajo la cual no siempre yace lo que se espera. La verdad triunfa despacio, dice un adagio. Los historiadores actuales están convencidos de que la mala fama de Dracul, conocido también como Tepes, el Empalador, fue fruto de la campaña de descrédito promovida contra él por el rey Matías I de Hungría. No es que la imagen de hombre despiadado y sin escrúpulos legada por la historia sea totalmente falsa, pero la condición de engendro diabólico de la leyenda debemos atribuírsela únicamente a sus detractores.

Violencia y crueldad eran en su época consustanciales a la política, en particular allí donde las religiones chocaban, como acontecía en Valaquia, el bastión oriental de la cristiandad frente al islam. Nadie soñaba entonces con arreglos pacíficos y acuerdos más o menos aceptables. Conceptos como tolerancia o compromiso no formaban parte del vocabulario del estadista y si lo hacían resultaban intraducibles al idioma de los adversarios. El plan consistía siempre en aniquilar al enemigo. Los bosques de empalados que fue plantando Vlad en las fronteras de su país poseían un significado claro: quien posee la fuerza, posee asimismo el derecho a la tierra; el resto está condenado a trabajarla servilmente o a abonarla pudriéndose en ella. La guerra, tal y como se concebían entonces las cosas, era la única forma de relación real entre los pueblos limítrofes. El reconocimiento de la humanidad del otro, requisito indispensable para la convivencia, era impensable en un momento en que pocas cosas se hacían sin invocar el nombre de Dios. Más que en la construcción de nuevos órdenes, los caudillos se esforzaban en garantizar el caos. El triunfo dependía de la providencia. Mientras esta no concediera la victoria a uno, reinaba la anarquía. Quizá por eso aquellas guerras atroces figuran en las crónicas de los historiadores, no en los cantos de los poetas.

Como voivoda de Valaquia, Dracul dispuso de un minúsculo ejército que hizo valer del único modo posible: empleando técnicas de guerrilla –las mismas que tantos triunfos proporcionaron a Skanderbeg, el gran héroe de Albania– y prácticas despiadadas: infectar los pozos de agua del adversario, enviar apestados o tuberculosos a sus campamentos, ejecutar brutalmente a los prisioneros... El rey de Hungría, de quien era vasallo, lo necesitaba para contener a los otomanos, pero le disgustaba su autonomía y conspiró hasta deponerlo y reemplazarlo por alguien más afín a él. Su decisión, extraña para la comunidad cristiana europea, la justificó organizando una campaña difamatoria en su contra. Los príncipes renacentistas no dudaban en recurrir a la mentira para alcanzar sus objetivos. Esto no significa que fuera fácil. Dracul era conocido. En la única pintura en la que fue representado del natural, el retablo del altar de Maria am Gestade de Viena, exhibe el aspecto de un aristócrata elegante, capaz de mostrarse tan cordial y refinado en los salones como implacable en el campo de batalla. El rey tuvo que tiznar a conciencia su nombre, denigrarlo con acusaciones nauseabundas a fin de que fuera respaldada su decisión de arrebatarle el poder. La misma sucia estrategia había empleado Felipe de Francia para acabar con los templarios, a los que debía enormes sumas de dinero que no estaba dispuesto a pagar, y emplearía muy poco después a la nobleza romana para desacreditar al papa Borgia y a sus familiares después de que este recortara sus ancestrales privilegios.

Los doce años que Dracul permaneció prisionero en la torre de Buda (de 1462 a 1474) sin otra compañía que la de los insectos que, según el carcelero a sueldo del rey Matías, martirizaba sádicamente ensartándolos en palillos, le impidieron desmentir las acusaciones que lo presentaban ante la opinión pública europea como un ser abominable. Y ya se sabe lo eficaz que suele ser la mentira cuando es adornada con truculencias, obscenidades e infracciones de la moral. Por mucho que alguno considerara extraña tanta maldad, la detención de alguien que había combatido con el mismo empeño a cristianos e islamitas pareció muy razonable y sirvió, primero, para acallar a quienes se preguntaban qué había sido del capital recaudado por el papa Pío II para la cruzada contra el turco y, segundo, para impedir que nadie lo relacionara con el soberano húngaro, quien casualmente canceló por aquel entonces la enorme deuda contraída con el emperador Federico III a cambio de la corona que adornaba su cabeza.

Los muertos tienden a ocupar en el pensamiento de los vivos un lugar cada vez más reducido. Tanto da que se trate de seres queridos que de tiranos aborrecibles. El amor o el temor que suscitaron se desvanece poco a poco inevitablemente. Una célebre dama emparentada con Dracul, Erzsébet Báthory, la condesa sangrienta, aterrorizó un siglo después que él la región de Transilvania asesinando a doncellas en cuya sangre se bañaba convencida de que eso la mantendría joven y hermosa. Nadie pensaba entonces que un nombre como el suyo, sinónimo de horror, pudiera caer en el olvido, pero lo hizo hasta que la literatura lo rescató. Fueron los escritores quienes dieron nueva vida a estos personajes, jugando con la posibilidad de que la muerte definitiva no representara un castigo suficiente para ellos y que, en vez de la mera aniquilación, el poder sobrenatural que impera sobre todas las cosas los hubiera convertido en almas atormentadas que deambulan por el mundo poseídas por una agónica falta de deseo que intentan subsanar robando la vida a quienes sí lo tienen.

El vampiro, encarnado por un noble seductor sexualmente irresistible, es una suerte de don Juan al que ninguna conquista termina de satisfacer. Su depravación consiste en que solo puede prolongar su anémica existencia marchitando cuanto toca. Desde luego, hay algo muy moderno en esto. No es raro que el creador del personaje, tal como lo conocemos, fuera Polidori, secretario y médico de Lord Byron. Por mucho que la religión enseñe que el cuerpo perece y el alma no, lo único que parece morir del todo es el alma. El cuerpo pasa a ser otra cosa, se transforma. La posibilidad de que el alma perviva, especialmente el alma vacía de este tipo de criaturas execrables, produce un espanto sobrecogedor.

Pero ¿qué hizo en realidad el voivoda de Valaquia para que un escritor británico del xix lo tomara como modelo de tales horrores? La respuesta ha de ser por fuerza imprecisa. La biografía divulgada por los detractores a sueldo del rey Matías mientras Vlad Dracul se pudría en su mazmorra de Buda es la misma que hoy recogen las enciclopedias. En ellas se afirma que nació en 1431 en Sighisoara, Transilvania, y que con trece años fue llevado como rehén a la corte del sultán Murat II. Durante un lustro vivió allí junto al príncipe Mehmed, conquistador de Constantinopla. Los turcos, con quienes mantuvo relaciones más bien ambiguas, le ayudaron a vengar el asesinato de su padre y de su hermano mayor, a quien sus verdugos quemaron los ojos con un hierro candente y luego enterraron vivo. Tras recuperar el poder, fue voivoda de Valaquia entre 1456 y 1462, combatiendo unas veces a los musulmanes y otras a los cristianos. Su forma de gobernar emuló por lo visto a la de los peores tiranos de la historia. Entre sus hazañas destaca el empalamiento en 1459 de treinta mil colonos alemanes que se negaron a pagarle tributo.

Al igual que Basilio Bulgaróctonos (el emperador bizantino que cegó a 99 de cada centenar de prisioneros capturados en la batalla de Kleidion y dejó tuerto al que quedaba para que los guiara de vuelta a casa), Dracul se sirvió del terror como arma propagandística. Lo primero antes de sitiar una ciudad era apresar a los habitantes de la comarca y empalarlos alrededor de las murallas. Otra costumbre suya era dejar a los empalados pudriéndose, un espectáculo nauseabundo que amedrentaba a los ejércitos rivales e incrementaba el número de desertores. Fueron los turcos quienes, espantados con su sadismo, le pusieron el sobrenombre de Empalador (*tepes*, en lengua rumana). En una antigua crónica ilustrada se lo representa desayunando plácidamente frente a un bosque de empalados mientras el verdugo descuartiza en su presencia a un prisionero. Su fama llegó al punto de que, en 1462, parte de la población de Estambul abandonó la ciudad, temerosa de que la reconquistara con el respaldo de los nostálgicos del Imperio.

Su cautiverio no bastó para que su nombre fuera olvidado. De hecho, al recobrar el poder, en 1476, el miedo de los otomanos fue tal que Mehmet II decidió atacarlo. Lo que aconteció entonces no se sabe a ciencia cierta. Vlad había recuperado el trono gracias a Esteban Báthory, pero, después de que este regresara a su tierra, fue incapaz de conservarlo. Al parecer, los turcos, con ayuda de los nobles boyardos, enemigos suyos, lo sorprendieron un día junto a su guardia moldava en una emboscada matándolos a todos. Ya sabemos qué sucedió con su cabeza. En cuanto al resto de su cuerpo, los historiadores menos fantasiosos están convencidos de que fue enterrado en el monasterio de Comana, el único edificio religioso que fundó él mismo, aunque las pruebas que ofrecen para defender su hipótesis distan mucho de ser concluyentes.

Como el de Snagov, el monasterio de Comana se encuentra en una zona inaccesible. Peligrosos pantanos lo protegen de los viajeros curiosos. En el siglo xv, la única forma de llegar hasta él era en barca. Lo que hoy se ve no es el edificio original construido por orden de Dracul, sino una penosa reconstrucción del xvi iniciada por otro príncipe de Valaquia, Radu Serban. En los años setenta del siglo pasado, los arqueólogos encontraron allí un féretro que contenía un cadáver sin cabeza. Inmediatamente se pensó en nuestro personaje, aunque no se hicieron estudios para comprobarlo. ¿Para qué? La inexistencia de documentos o referentes genéticos que permitan algún tipo de demostración condena el asunto a la especulación perpetua y, lo que es peor, al amarillismo histórico. El conde Drácula acaso no se alce cada noche del macabro ataúd donde yace en busca de gráciles damiselas acuciadas por el inexplicable deseo de satisfacerlo, pero raro será el año en que un brillante estudioso no salte a la portada de los periódicos tras anunciar que ha descubierto algo decisivo relacionado con el monstruo y, en particular, con su cadáver.

Uno de estos descubrimientos abracadabrantes tuvo lugar en el verano de 2014. La prensa internacional recogió la noticia de que los restos de Dracul podrían hallarse en una tumba de la iglesia de Santa Maria la Nova de Nápoles. La hipótesis, defendida por un equipo de estudiosos estonios, es que una hija ilegítima de Vlad, Zaleska, rescató el cadáver de su padre y lo sepultó en el sarcófago de su esposo, el noble napolitano Matteo Ferrillo. Para justificar su conjetura apelaron a ciertos manuscritos del xv y el xvi y a la curiosa decoración de la lápida del supuesto yerno del voivoda: un dragón flanqueado por dos esfinges contrapuestas. La imagen, totalmente ajena a la familia de Ferrillo, solo tiene sentido, según ellos, relacionada con Vlad. El dragón aludiría a su nombre y las esfinges representan la ciudad egipcia de Tebas, que asocian por extravagantes razones fonéticas con Tepes, alias de Vlad. El problema es que la suposición de que Zaleska, conocida en Nápoles como María Balsa, fue quienes ellos dicen, descansa en razones muy poco convincentes. La afirmación de que la niña tenía siete años cuando su padre murió a manos de los turcos y fue entonces enviada al reino de Nápoles con otro nombre se sustenta en una mera especulación. Igual de caprichosa es la idea de que se escogió el nombre de Balsa porque significa lo mismo que Dracul, ya que *bal*, en los Cárpatos, es sinónimo de dragón. Aunque todo apunta a una argumentación muy forzada, las correspondencias lingüísticas argüidas no explican el hecho fundamental: ¿quién se tomaría la molestia en el siglo xv de trasladar un cadáver desde Transilvania a Nápoles y con qué objeto?

A uno le encantaría en estos casos desesperados poseer el don que la leyenda atribuye a san Antonio de Padua. El famoso santo portugués salvó a su progenitor de una acusación de asesinato consultando directamente al muerto. Igual que los forenses exhuman restos para verificar genéticamente sus sospechas, él consiguió que le abrieran la tumba de la persona a la que supuestamente había matado su padre y que le contestara a la pregunta de si había sido o no él el asesino. La respuesta fue negativa, pero cuando las autoridades interrogaron al santo acerca de quién era el culpable, este se encogió de hombros diciendo que no lo había preguntado. "Yo quería probar la inocencia de mi padre; descubrir al asesino es tarea vuestra". El mismo lavarse de manos emplearé yo para abandonar esta página. Eso sí, antes confesaré que no creo que una tumba como la de Santa Maria la Nova de Nápoles, con su estatua de piedra encima, sea lo más apropiado para un vampiro que necesita entrar y salir de ella todas las noches.

IX

LA TUMBA DEL *GÓLEM*

L os restos del *gólem*, la criatura de arcilla con forma humana que hizo el rabino Judah Löw ben Bezabel en el siglo XVI combinando las letras del nombre de Dios, reposan bajo la techumbre gótica de la sinagoga Staronová de Praga, la más vieja en uso de Europa. Él mismo los depositó allí y luego selló a cal y canto la cámara para evitar males mayores. Se desconoce qué tipo de horribles temores le asaltaron para ser tan precavido, pero si alguien, tras romper criminalmente los sellos, accediera al interior de la cámara, solo encontraría un montón de polvo. El misterio del *gólem* es místico, no físico, y guarda relación con los ritos llevados a cabo para conferirle la vida y no con los materiales empleados en su fabricación. De dichos ritos apenas se sabe que, en algún momento, debió proferirse e inscribirse sobre la frente de la criatura uno de los inefables nombres de Dios: *emet*, o sea, 'verdad'.

Aunque a los judíos de Praga les satisface pensar que el *gólem* fue creado para defender el gueto de ataques antisemitas, Löw simplemente aspiraba a disponer de un sirviente que hiciera por él las tareas domésticas que le impedían consagrar todo su tiempo al estudio de la Torá y el Talmud. Tosca, desmañada, con aspecto de efigie antropomórfica esculpida por un artista inepto, la criatura estaba dotada de la capacidad de oír y comprender órdenes, pero no de hablar, una función que teóricamente no necesitaba pues, bajo ningún pretexto, podía salir de la residencia del amo. En su condición de siervo sin conciencia, carente de apetitos corporales y, por tanto, desprovisto de iniciativa, su destino era trabajar incansablemente sin rechistar, igual que un robot.

A fin de no violar el *sabbat*, día de reposo de los judíos, el piadoso Löw tenía la precaución de borrar cada viernes al atardecer la primera letra de la palabra que había inscrito en la frente del *gólem*. El resultado de la resta era el vocablo *met*, que significa en hebreo 'muerte'. Con esta operación, que recuerda al encendido y apagado de un aparato, la criatura quedaba inerte. Al concluir la jornada de fiesta, el rabino volvía a inscribir la letra y el *gólem* recobraba su actividad. Un viernes, sin embargo, se olvidó de hacerlo y, a la mañana siguiente, en el momento en que se disponía a iniciar la ceremonia del *sabbat*, varias personas se precipitaron espantadas en la sinagoga para comunicarle que su criado se había vuelto loco y estaba destruyendo todo lo que hallaba a su alrededor. Löw corrió a casa y, no sin esfuerzo, logró borrar la letra que daba vida al sirviente. El miedo le indujo a no volver a repetir la operación y a depositar el cuerpo de la criatura en la cámara alta de la sinagoga, exhortando a las generaciones futuras a no volver a tocarlo.

Jacob Grimm afirma que el *gólem* –el que hizo Löw o cualquier otro creado mediante procedimientos equivalentes– tiene la particularidad, pese a no ingerir alimento, de engordar cada día y hacerse más grande y fuerte. Por ese motivo, sus dueños se ven obligados en algún momento a terminar con él de acuerdo con el método que ya conocemos. Un judío polaco que olvidó hacerlo lo dejó crecer tanto que cuando quiso reaccionar ya no pudo encaramarse a su frente. La criatura fue convirtiéndose en una masa enorme que apenas cabía en el cuarto sin ventanas donde vivía. Entonces se le ocurrió pedirle que le desatara los cordones de las botas y, cuando el *gólem* se agachó, borró la letra de la vida, con tan mala fortuna que la masa de arcilla cayó sobre él y lo sepultó, causándole la muerte.

Gustav Meyrink y otros autores han jugado a imaginar lo que sucedería si el *gólem* escapara al control de su creador, pero teóricamente se trata de un ser carente de iniciativa, cuyas funciones dependen completamente de la voluntad de aquel. El descuido del judío que murió aplastado no desató una voluntad previa y tampoco lo hizo el rabino Löw, a quien podemos acusar de haber olvidado dar las órdenes pertinentes al sirviente, provocando así su colapso. La catástrofe es siempre responsabilidad humana. El *gólem* no es una máquina que debido a un error de concepción o un desarrollo inesperado de sus propias facultades se rebela contra su artífice, sino un ser manso y estúpido. Se trata simplemente de un criado mudo que a nosotros nos recuerda, por su apática docilidad, a una máquina, pero que no fue concebido como tal, pues cuando fue ideado no había máquinas capaces de operar de esa forma, ni tampoco artífices que, emulando al Creador, asumieran el riesgo de hacerle la competencia.

A quien sí se asemeja el engendro cabalista es al criado de Páncrates, un mago del que habla Luciano de Samosata en *El aficionado a las mentiras*. Al parecer, cada vez que Páncrates necesitaba ayuda, tomaba el palo de una escoba, lo vestía con alguna ropa corriente, una túnica, por ejemplo, y pronunciaba a continuación cierto conjuro que lo transformaba en un sirviente hacendoso. Luego, al concluir la labor para la que había sido concebido, repetía el conjuro y el palo tornaba a su aburrida condición original. Un discípulo del taumaturgo que escuchó las palabras mágicas aprovechó un día su ausencia para activar a la criatura y ordenarle que fuera a por agua a la fuente. Todo salió bien hasta que quiso romper el hechizo. No recordaba bien las palabras o no las pronunciaba adecuadamente y el palo, lejos de detenerse, continuó yendo y viniendo de la fuente a la casa derramando por el suelo el agua que portaba en el ánfora. Desesperado, el aprendiz de brujo cogió entonces un hacha y cortó el palo en dos, pero lo único que consiguió con esto fue duplicar su actividad. Al cabo de un rato llegó Páncrates y resolvió fácilmente el desaguisado. Luciano, precursor de la ciencia ficción (en su *Historia verdadera* imagina un viaje a la Luna) y gran fustigador de la mentira, no pretendía que nadie se tomara en serio esta historia. Su propósito era criticar la credulidad de la gente, pasto fácil de charlatanes y embaucadores, entre los que incluyó, en su libro *La muerte de Peregrino* (un filósofo amigo suyo que se pegó fuego a lo bonzo en las Olimpiadas del año 167 tras declamar su propia oración fúnebre), a Jesús de Nazaret.

El *gólem*, ya lo sabemos, no es una máquina, sino un ser vivo forjado con barro. En la antigüedad, esta fue la materia original de los organismos. Marduk, Prometeo, Yahvé, todos los creadores de hombres se sirvieron de ella añadiéndole un ingrediente celestial: sangre, calor, espíritu. Se explica por ello que la muerte sea una suerte de desmoronamiento provocado por el abandono de dicho ingrediente divino. Lo último que hace la persona que agoniza es exhalar el aliento, que los judíos identificaban con el espíritu y la palabra. "En el principio era el verbo", se dice en el Evangelio de San Juan. Aliento, espíritu, palabra, aquello que falta al *gólem*, tan similar al hombre que, antes de que nadie soñara con emular a Yahvé, el Talmud ya usaba la voz *gólem* para designar la masa de tierra informe con la que fue hecho Adán. A esa masa insufló el Creador su espíritu y, con él, la palabra, dos cosas ajenas al poder técnico de los hombres, algo que explica por qué las criaturas que este crea con su ingenio resultan tan mediocres comparadas con su propio ser.

Dios hizo al hombre a su imagen y semejanza. Los productos humanos son, en cambio, simulacros. El *gólem* parece humano, pero solo tiene de él su aspecto. Dotado de movimiento físico, carece de movimiento espiritual. Esta carencia se ve en todos los órdenes, incluido el sexual. Un rabino de Praga tranquilizaba a sus lectores aclarándoles que el *gólem* no puede poseer poder generativo ni instinto sexual, y que si lo tuviera ya habríamos oído hablar de ello, pues, a su juicio, ninguna mujer podría renunciar a las amabilidades de una criatura tan servicial. La incapacidad de infundir alma a un cuerpo ha evitado tal cosa, aunque no ha impedido, todo lo contrario, el intento de producirla. El procedimiento, en la tradición judía, consistió en buscar las letras que Dios usó como elementos constructivos de la creación e intentar ordenarlas y pronunciarlas adecuadamente. Igual que Galileo creía que la naturaleza está escrita en caracteres matemáticos y los actuales transhumanistas reducen la multiplicidad de los seres a meros algoritmos, los seguidores de la cábala, la mística judía, pensaban que el mundo es un texto compuesto a partir de las 22 letras del alfabeto. Cuanto existe, existe dentro del círculo del lenguaje, el verbo de Dios.

Que la lectura no ha alcanzado a descifrar el misterio de la creación se ve en que los artífices del *gólem* no han conseguido descubrir nunca las fórmulas que permitirían infundirle, además de la vida, el espíritu. Algunos, desesperados con su impotencia, no han dudado en dejar atrás la senda religiosa y ensayar otras alternativas condenadas por los sacerdotes: magia, taumaturgia, técnica. Estas modalidades de la creación son variantes del poder que los descendientes de Adán tuvieron que ir desplegando al perder en el paraíso la capacidad de percibir el brillo divino que confiere sentido a todas las cosas. "Ganarás el pan con el sudor de tu frente", maldice Yahvé. La historia de la torre de Babel, que en el libro del Génesis obra como un aviso contra quienes sueñan con recuperar por la fuerza la gloria divina, no solamente pone de relieve la desconfianza en la cooperación entre razas y pueblos, sino que previene del error de suponer que es posible suplir humanamente lo que falta cuando falta Dios. La labor colectiva acaso eleve a la especie humana y la acerque un poco al cielo, mas nunca lo bastante como para alcanzarlo. El contraste entre el trabajo y la oración, entre la actividad dirigida a volver habitable la Tierra y la esperanza en el Mesías, el mensajero que Dios envía para enseñar al hombre el camino de vuelta al paraíso, fue siempre fuente de tensión dentro del judaísmo. Detrás de cualquier iniciativa humana por mejorar su vida en el mundo se siente la inquietante presencia de Satán, personificación de la grieta que separa al ser humano del Creador. Desde el momento en que este tentó a Eva para que tomara el fruto prohibido del árbol de la sabiduría, su voz nunca ha dejado de escucharse. "Seréis como dioses", susurra en el oído de la primera mujer. Satán anima al hombre a escapar del estado de inocencia. El problema es que lo que este halla luego no es la sabiduría, sino un sucedáneo suyo: la técnica. El paraíso, lleno de sentido bajo la esplendente luz de Dios, deviene mundo cuando Dios lo abandona. El mundo, sin embargo, no es algo cuyo sentido esté dado de antemano, sino que depende, para tenerlo, de la actividad humana. Desempeñando el papel que antes desempeñaba Dios, los hombres se vieron obligados a sostener en su recién aparecida conciencia una realidad que, precisamente por eso, propende siempre a la fragmentación y al desmoronamiento.

Para los profetas del pueblo elegido, el problema no es que el hombre cree como Dios, sino que se olvide de él. Esto puede ocurrir de muchos modos. Uno es la idolatría; otro, la fe en la ciencia y la industria humanas. Un texto judío del siglo XIII compara la fe en las labores técnicas frente al estudio contemplativo de la naturaleza con la preferencia por las imitaciones en vez de los originales. La figura del *gólem* sería un ejemplo. Recuérdese que se trata de una imitación de Adán sobre cuya frente imprime el cabalista el nombre de Dios, *YHVH*, es decir, *emet*, o más precisamente, *Elohim emet*, 'Dios es verdad'. La supresión de la letra que mata a la criatura no implica solamente su muerte, sino también en cierto sentido la de Dios. Metafóricamente al menos, el poder del ser humano para crear desde la nada de su ingenio representa la muerte del Creador.

Lo peligroso del *gólem*, aquello que probablemente impulsó a Löw a ocultar sus restos en la sinagoga Staronová de Praga, no es, pues, su naturaleza, sino su significado simbólico como traición y desafío. El *gólem* no es como Frankenstein, el monstruo imperfecto y resentido que escapa al control de su artífice, ni como un robot que transgrede los límites y se rebela contra quienes lo han concebido, al estilo de HAL 9000, la computadora algorítmica de *2001: Una odisea del espacio*; mucho menos se trata de un ser venido a menos, una suerte de ángel caído en la estela de Lucifer, quien impugnó la creación y al Creador mismo cuando se vio desplazado por la existencia de otras criaturas inferiores. El *gólem* simplemente es un pedazo de materia al que se ha insuflado vida gracias al conocimiento del lenguaje secreto de la obra divina. El único verdadero peligro al que apunta su existencia es la posibilidad de que su fabricante, satisfecho con su hazaña, llegue a endiosarse y creer que no necesita a Dios, que puede suplantarlo. La historia del *gólem* que aplastó al amo resulta, en este sentido, ilustrativa, y recuerda el caso, muy frecuente en la tradición romana, de la estatua de un personaje asesinado que se desploma vengativamente sobre su asesino quitándole la vida.

X

LA TUMBA DE DON JUAN

Tirso de Molina, el autor de *El burlador de Sevilla*, fue desterrado de Madrid en el año 1625 por escribir dramas profanos. No era entonces el único clérigo en hacerlo, pero el mal ejemplo que, según las autoridades, ofrecían sus personajes, movió a estas a exigir al nuncio que lo apartara de la corte y le prohibiera componer para el teatro. Su destino fue el convento de la Merced de Sevilla, hoy convertido en museo de Bellas Artes. Allí no dejó las tareas literarias, aunque cambió la poesía por la prosa y las intrigas de sus piezas teatrales por textos inofensivos de corte biográfico, histórico y moral. En la capital andaluza, donde había estado por primera vez en 1617, año en que compuso el drama al que debe su fama, dejó de ser Tirso, discípulo de Lope, para convertirse en fray Gabriel Téllez, su nombre real en el teatro del mundo. No debió de importarle mucho porque estaba habituado a usar heterónimos para evitar a las autoridades. Cambiar la corte por Sevilla tampoco fue, en realidad, un castigo. A fin de cuentas, se trataba de una gran ciudad, rica y cosmopolita, la más poblada de la península, quizá de toda Europa. Su estancia en el convento de la Merced tuvo que ser, además, placentera. El edificio reunía todas las condiciones para gozar de la vida (en Sevilla lo llamaban palacio, no convento) y sus superiores le asignaron como tarea una actividad que ya desempeñó con satisfacción en su primera estancia: recibir a los pecadores en confesión. ¿Acaso puede imaginarse tarea más propicia para los intereses de alguien tocado por las musas?

Entiéndaseme bien, no estoy sugiriendo que fuera proclive a hurgar en la intimidad ajena, ni que aprovechara su condición religiosa para fines distintos de los apostólicos. Su vocación como confesor hay que enmarcarla en la perspectiva de una fe basada en el mandamiento del amor al prójimo. Aunque el confesionario no haya sido utilizado siempre con intenciones santas, sería injusto negar que también ha prestado óptimos servicios a los creyentes. Disponer de una persona a quien abrir el corazón y confiar las propias cuitas no es cosa inútil. Tirso era un fraile de sólidas convicciones, de esos que anteponen la enseñanza de Jesús a los dogmas eclesiásticos. Sus encontronazos con las autoridades revelan un carácter insobornable, de cristiano primitivo. La animadversión que sentía hacia cualquier forma de privilegio le llevó a censurar los abusos de las clases elevadas y sufrir, de resultas, reprimendas y castigos. Que la curia se entendiera demasiado fácilmente con el poder no le hizo olvidar jamás el mensaje igualitario de Cristo. Sus dramas así lo atestiguan. Claro que, junto a sus críticas a la falta de nobleza de los nobles, se nota en ellos un profundo conocimiento del alma humana, y esto hace pensar de nuevo en el confesionario, quizá el mejor observatorio que haya habido a la hora de conocer los secretos de los hombres.

¿Llegaron a sus oídos las andanzas de don Juan mientras escuchaba a los pecadores en confesión?, ¿fue así como supo del hombre cuyas inmorales gestas inmortalizaría? Hablando con franqueza, plantear estas preguntas presupone de algún modo la respuesta, pues se está dando por descontado que el personaje no pudo ser fruto de la fantasía del autor o, lo que todavía sería menos acertado, que únicamente lo pudo concebir en la ciudad donde ocurren sus aventuras. ¿Acaso la literatura cojea con la mano extendida tras la realidad esperando sus migajas? No, tengamos esto claro, nunca se sabrá con certeza si hubo una persona de carne y hueso que inspiró el mito teatral del burlador y, menos aún, quién era. Marañón decía que ni en el mejor de los casos llegaríamos a identificarlo porque es hijo del alma colectiva. Lo que no dijo, sin embargo, es que el alma colectiva tiende a la maledicencia y que detrás de sus habladurías, despellejado igual que un mártir, suele encontrarse alguien con nombres y apellidos. ¿Fueron rumores de esa naturaleza, tergiversados por la confianza que proporciona el secreto de confesión, los que inspiraron a Tirso?, ¿recreó acaso las fechorías de un personaje real, mitificadas probablemente antes por el pueblo? Y si fue así, ¿resulta de veras imposible saber quién era?

De lo que a estas alturas no cabe duda es de que no fue el venerable Miguel de Mañara, como tantas veces se ha dicho, y ello por la aplastante razón de que nació diez años después de que Tirso de Molina escribiera su obra. La identificación de don Juan con él es fruto de viejos errores cuyo origen no es fácil rastrear. Seguramente la popularidad del personaje teatral suscitó en los sevillanos la sospecha de que era eso lo que fue Mañara antes de convertirse en un santo ejemplar. Muchos, a la vista de sus obras de caridad, debieron de creer que cargaba en su conciencia con el peso de una juventud llena de pecados espantosos. ¿Cómo explicar si no que solo le sirviera como expiación la entrega más absoluta a los menesterosos? Luego, ignorándose cuándo y quién compuso *El burlador de Sevilla* (estrenada de forma anónima, la obra tardó en ser atribuida a Tirso, algo que aún discuten los partidarios de Andrés de Claramonte), se lo ubicó temporalmente antes de la figura teatral con la que fue relacionado como si, en vez de efecto suyo, fuera su causa. Olvido e ignorancia, padre y madre de tantas cosas, condujeron por último a la confusión del personaje con el individuo real, una confusión que se vio favorecida por el hecho de que el segundo apellido de Mañara fuera Vicentelo de Leca, accidente que, como luego se comprobará, puede ser más significativo de lo que parece.

Confundidos o engañados, los viajeros que van a Sevilla buscando el rastro del célebre burlador acostumbran a dirigirse directamente al hospital de la Caridad, en cuya iglesia reposan los restos de Mañara. Construido a su costa, el hospital ha servido desde entonces a los pobres. En 1662, cuando Mañara ingresó en la Hermandad de la Santa Caridad –institución dedicada a dar sepultura a los ajusticiados sin recursos, recoger los cadáveres provocados por las frecuentes y devastadoras inundaciones del Guadalquivir y asistir a los enfermos pobres, numerosísimos en una época de crisis azotada por la peste–, la situación financiera de la institución era lamentable. Gracias a las generosas aportaciones del nuevo miembro, uno de los hombres más ricos de Sevilla, las cosas cambiaron radicalmente. Mañara estaba dispuesto a compartir su fortuna con los necesitados y a obrar como un apóstol en el ejercicio del amor al prójimo. Nunca se había visto en Sevilla tanto celo en la observancia de los mandamientos de Cristo. Nobles y burgueses imitaron su ejemplo haciendo grandes donaciones merced a las cuales se garantizaron largo tiempo las actividades de la hermandad. Fue asimismo él quien puso el dinero necesario para construir el templo, abierto en 1674, y quien ideó su programa decorativo interior: el encomio de las obras de misericordia frente a las vanidades de la vida. Tres cuadros de Valdés Leal, dos situados en el sotocoro, *Finis gloriae mundi* e *In ictu oculi*, y otro en el coro, *La exaltación de la cruz*, ocho de Murillo (de los cuales cuatro se llevó el mariscal Soult en la guerra de la Independencia) y el soberbio retablo de Bernardo Simón de Pineda, presidido por el *Entierro de Cristo* de Pedro Roldán, convierten a la iglesia en una joya del arte barroco.

Pese a la magnificencia del complejo, lo que más interesa al viajero que busca a don Juan es la lápida sepulcral de Mañara, situada justo en el punto del atrio por el que tienen que pasar los feligreses cuando acuden a misa (los turistas lo hacen por la puerta que comunica el templo con el patio del hospital). Mañara lo dispuso así para ser pisoteado por todos lo que acuden al templo. Se consideraba a sí mismo una criatura vil que había ofendido a Dios con innumerables pecados y abominaciones. "Aquí yacen los huesos del peor hombre que ha habido en el mundo. Rueguen a Dios por él", reza el epitafio que la hermandad reemplazó por el actual cuando, al poco de haber sido sepultado, se trasladaron sus restos mortales a la cripta. Y aunque los biógrafos no han encontrado pruebas de esa maldad tan desorbitada, el hecho de que fuera un joven adinerado al que la providencia empujó de repente hacia el camino del cielo, sirvió para alimentar la leyenda popular de que él era el don Juan original, un don Juan arrepentido, claro. A fin de cuentas, solo el más grande pecador puede necesitar hacer la mayor penitencia.

Pero ¿y si don Juan, la persona concreta que inspiró a Tirso, hubiera, efectivamente, cambiado de vida cuando fue advertido acerca de lo que se estaba jugando con sus calaveradas? Literariamente resulta imprescindible que el burlador acabe con sus huesos en el infierno, pero ahora estamos hablando de la vida, no del teatro, y si esa persona existió es poco probable que terminara sus días como el protagonista del drama. El personaje que imagina Tirso no es el don Juan cínico y ateo de Molière, ni el libertino de Mozart y Da Ponte. Difícilmente podía poseer semejantes características en la España de principios del siglo XVII. Teniendo en cuenta esto, no debemos descartar ni subestimar el poder del arrepentimiento. Cuando la conciencia del pecador se llena de remordimiento –y el remordimiento es como la voz de Satán que oyó Eva en el paraíso, algo que aparece subrepticiamente– ya no hay forma de sentirse tranquilo. La persona no comprende cómo antes no le repugnaba lo que ahora le parece abyecto, ni que pudiera sentirse invulnerable siendo la condición humana de una fragilidad extrema. El don Juan de Tirso no es un demonio de perversidad, ni una fuerza incontenible de la naturaleza, al estilo de sus sucesores, sino un señorito desocupado y petulante que, a falta de tareas a las que dedicar su esfuerzo, satisface su vanidad de narciso sin reflejo engañando a las mujeres. Lo que lo mantiene en la senda del vicio no es el menosprecio de la religión y de la moral, tampoco una sexualidad avasalladora o un carácter pendenciero, sino la inmadurez. Unos cuantos años más y seguramente hubiera comprendido por sí solo lo peligrosamente equivocado que resulta transgredir las normas de la sociedad. En la vida real, habría bastado probablemente con cualquier pequeña señal para que tomara en serio las advertencias que se le hacían acerca del previsible destino de su alma. "Mira que Dios no olvida a nadie, incluso aunque esté muerto, sobre todo si está muerto", le susurrarían al oído tutores y sacerdotes. La pregunta es: ¿qué hubiera sucedido en tal caso?, ¿se habría mantenido en sus trece como el personaje del drama o más bien habría reculado prudentemente hacia la tranquilizadora y aburrida seguridad de la fe?

La conducta de Mañara es, en este sentido, muy ilustrativa. Aunque ignoramos qué desencadenó su cambio de vida –los biógrafos lo relacionan con la muerte de su esposa–, sabemos que, en cuanto tomó conciencia de sus pecados, el temor al juicio de Dios prendió de tal forma en su corazón que ya nunca puso en duda que para salvarse hay que renunciar al mundo y sus tentaciones. Su obsesión le indujo a escribir incluso uno de los textos más escalofriantes que se hayan dedicado a la muerte, el *Discurso de la verdad*. En él se representa a la perfección el espíritu de la época, con su idea de la muerte como realidad suprema frente a las apariencias engañosas que nos distraen de la única tarea esencial: la salvación del alma. Basta con rememorar el último terceto del soneto que mandó inscribir en una lápida adherida a la pared del patio del hospital para comprender la naturaleza de los sentimientos que podía albergar en su corazón un cristiano de la época invadido de pronto por la luz de la gracia:

¿Y qué es morir? Dejarnos las pasiones.
Luego el vivir es una larga muerte.
Luego el morir es una dulce vida.

Que Mañara encargara a Valdés Leal la representación de todo esto en tres obras que todavía hoy se tienen por el más perfecto ejemplo del espíritu barroco español no es casual. Había abandonado el camino de la perdición y deseaba imágenes potentes que le recordaran sus deberes con Dios y los pobres.

La mayor de esas pinturas, la *Exaltación de la cruz*, cuenta lo que le ocurrió al emperador Heraclio cuando quiso entrar a caballo en Jerusalén llevando al hombro la reliquia de la santa cruz. Por más que lo intentaba no había forma de conseguir su propósito. Era como si su peso excediera las fuerzas humanas. De pronto, una voz sobrenatural le conminó a poner pie en tierra y despojarse de los oropeles oficiales del cargo. El emperador lo hizo y entonces no hubo ningún problema.

El mismo mensaje de humildad inspira las otras dos obras. En *In ictu oculi* ('En un abrir y cerrar de ojos') la Muerte apaga con los dedos la llama de un candelabro, símbolo de la vida, sobre el que puede leerse el título de la pintura. Apoyada en el globo terráqueo, para que se vea claro que nadie escapará de ella, sostiene la guadaña con la mano izquierda y lleva bajo el brazo un ataúd por el que asoma un sudario. A sus pies, los signos de la efímera grandeza mundana: armadura, cetro, espada, corona, capelo, mitra...

En la misma línea, *Finis gloriae mundi* ('El fin de la gloria del mundo') muestra el interior de una cripta donde se pudren, en primer plano, los cuerpos de un obispo y un caballero de la Orden de Calatrava (Mañara, que pertenecía a dicha orden, dijo al ver el cuadro que era el más fiel retrato que se le había hecho nunca) y, al fondo, otra persona indefinida, junto a la cual se amontonan huesos y cráneos. Tanto el desconocido como el obispo yacen en un ataúd; en cambio, el caballero lo hace sobre las parihuelas de madera que solían emplear los hermanos de la Caridad para trasladar el cadáver de los menesterosos. Mañara dispuso en su testamento que se le condujera a la sepultura de esa forma. En lo alto de la cripta, penetrando místicamente, se ve la mano del arcángel san Miguel, que sostiene una balanza. En uno de los platillos se encuentran los siete pecados capitales; en el otro, las siete obras de caridad. El saldo de la *psicostasis* no garantiza el cielo al difunto, aunque tampoco conduce al infierno. No sabemos de quién se trata, aunque todo apunta a que pueda ser el propio Mañara, el alma de Mañara, quien se había propuesto equilibrar el peso de los pecados cometidos durante su juventud entregándose a las labores caritativas. Quien no puede ser, obviamente, es don Juan, el personaje teatral, pues este fue arrastrado a los infiernos por el fantasma del comendador. Allí, retorcido de dolor −en teoría en el segundo círculo infernal, el lugar exacto en el que, según Dante, sufren los pecadores envilecidos por la lujuria (adúlteros, violadores, ninfómanas, etcétera), aunque está por ver si su verdadero pecado no fue la vanidad−, permanecerá por los siglos de los siglos, pues, de acuerdo con el dogma cristiano medieval, solo la eternidad puede compensar el desprecio terrenal de Dios.

Pero salgamos del inframundo y volvamos a la Sevilla de Tirso. Se sabe que cuando este pasó por allí camino de América, en 1617, la ciudad todavía no había olvidado las gamberradas de cierta pandilla de jóvenes aristócratas emparentados con el cardenal Rodrigo de Castro, arzobispo de la diócesis entre 1581 y 1600. Hijo del conde de Lemos y de la bellísima Beatriz de Castro, su eminencia vivía en un ambiente de suntuosidad renacentista enojoso para la sociedad sevillana, que lo acusaba de prestar más atención a las artes que a los pobres. Las críticas aún empeoraron al final de su mandato debido al escándalo que producían las barrabasadas de los sobrinos que pasaban largas temporadas con él. Aunque entre ellos se encontraba el heredero del condado familiar, a quien Cervantes dedicaría la segunda parte del Quijote y las *Novelas ejemplares*, la parentela del obispo dejaba bastante que desear. El cardenal los disculpaba arguyendo que eran travesuras de jovenzuelos, pero los sevillanos, hartos de abusos, rezaban para que Dios pusiera fin a sus excesos y les diera un escarmiento ejemplar. Tirso no coincidió en Sevilla con ellos, pero su pésima fama no se había diluido cuando él llegó, y no solo porque muchos afectados seguían vivos, sino porque el eco de las gestas de los libertinos suele ser duradero y la fantasía popular no se resiste a adornarlo y enriquecerlo, particularmente si va acompañado de lances rocambolescos: adulterios, duelos a la luz de la luna o asalto de conventos.

Tirso, cuya pretensión principal como fraile mercedario era fustigar los vicios del poder, descubrió en aquellas habladurías un asunto estupendo para el teatro. Téngase en cuenta que *El burlador de Sevilla* es un drama teológico y, a la vez, una sátira feroz de la aristocracia. Don Juan es el típico señorito que mira exclusivamente por su propio placer y burla los principios de una moralidad que no le afecta porque se cree por encima de ella. Lo único que podría frenarle es el temor al castigo eterno, pero su arrogante juventud le lleva a situar esta posibilidad, que es también la de la muerte, muy lejos del presente. ¿Acaso no viene la vejez después de la juventud y con ella el enfriamiento de los deseos, paso previo a la reconciliación con Dios?

Tirso censura con dureza el desprecio de la ley de Dios, la creencia en que los privilegios terrenos continuarán funcionando en el cielo. Si burlarse del honor, concepto moral fundamental de la España barroca, le parece malo, peor todavía es, a su juicio, burlarse de la salvación. Que una de las cuestiones doctrinales del momento fuera la de la necesidad de la gracia para salvarse explica su interés. Claro que su posición respecto a esto tampoco parece acorde con las creencias hegemónicas. Morir en pecado significaba para el cristiano ir derecho al infierno. La Iglesia enseñaba que Dios no juzga toda la vida, sino el último instante. Un mal hombre absuelto de sus pecados en el lecho de muerte llegará incólume a la casa del Señor. La Iglesia promovió esta escandalosa idea para favorecer el sacramento de la confesión. Hay que procurar mantenerse limpio de culpa hasta el último momento y, si se comete pecado, recurrir de inmediato al perdón sacerdotal. La confesión, prerrogativa del clero, cauteriza las heridas del alma y borra las huellas de sus maldades por profundas que sean. Don Juan se burla de esto. Barrunta que se trata de un subterfugio para controlar a la gente. Si basta con arrepentirse en el último instante, no es necesario ser bueno y virtuoso. "Hazme casto, aunque no todavía", rogaba Agustín de Hipona a Dios en la época en que estaba a punto de convertirse al cristianismo. Tratándose de don Juan, un bravucón aficionado a los desafíos callejeros, hay que reconocer que ese dejar para luego el arrepentimiento constituye una imprudencia. Su "cuan largo me lo fiais" descansa en una suposición ingenua, de joven inconsciente: que existe un momento para todo, incluido el morir, y que la muerte viene siempre por rutas más o menos previsibles, la enfermedad, la oscura vejez, la guerra, nunca de la mano de una estatua fantasmal.

Consciente de que sus críticas tenían un carácter subversivo, Tirso presentó *El burlador de Sevilla* anónimamente. No se equivocó, pues las autoridades repararon ante todo en su diatriba contra el sistema estamental. La cuestión teológica quedó en segundo plano. ¿Acaso el drama no giraba en torno a un noble depravado que abusaba de su posición para dar rienda suelta a sus pasiones? Ni siquiera estas, condenadas reiteradamente desde el púlpito, eran relevantes frente al hecho crítico fundamental: la impunidad de que goza el protagonista por estar relacionado con personas próximas a la fuente del poder. El don Juan de Tirso no es un seductor. Las mujeres no constituyen para él un objetivo en sí mismo. Más que sentirse atraído por ellas, en sentido sexual, lo que le atrae es su condición de eslabón endeble en la cadena familiar del honor. Lo que a él le fascina es hacer daño, sentirse poderoso. De ahí que su mayor interés sea burlarlas. No compartir con ellas el placer, sino hundirlas en el descrédito, condenarlas a la nulidad social, tiznando de paso a sus familias.

No más empezar la obra se nos informa de que ha burlado en Nápoles a una duquesa haciéndole creer que era su prometido. Es el mismo método que emplea con la hija del comendador, novia del marqués de la Mota, su amigo. Parece que en la época las familias hacían la vista gorda con las parejas comprometidas, porque el engaño no consiste en seducir a la novia, sino en suplantar al novio aprovechando la clandestinidad de un encuentro furtivo: oscuridad, sigilo, silencio... Casanova, dos siglos después, cuenta cómo aprovechaba él estas situaciones habituales antes del descubrimiento de la electricidad. Ni la confianza de los anfitriones, ni la amistad, ni siquiera el respeto a Dios frenan a don Juan, quien se defiende cuando le reprochan sus actos con el argumento de que él tampoco se habría salido con la suya sin cierta predisposición de las mujeres a caer en sus trampas. "A tu hija no ofendí, que vio mis engaños antes", le dice a la estatua del comendador. La experiencia de Tirso en el confesionario indudablemente le enseñó a ver a las mujeres como seres de carne y hueso y no como criaturas celestiales ajenas a la influencia del deseo. Una obra suya, *La ninfa del cielo*, drama protagonizado por una mujer que se venga en los hombres del maltrato recibido por uno de ellos, revela que ese conocimiento iba bastante más allá de lo usual en su tiempo. En cualquier caso, lo que se juzgó subversivo fue el mensaje de fondo: la falta de consecuencias legales de los atropellos cometidos por una persona protegida por las altas instancias del reino. No es cuando Dios ha muerto cuando todo parece permitido, sino cuando se goza de la protección del rey o de los ministros del rey.

¿Quién en la Sevilla de finales del XVI gozó de semejante protección y pudo comportarse como lo hizo don Juan? Solo un nombre surge ante nosotros: Mateo Vázquez de Leca, sobrino del poderosísimo secretario de Felipe II a quien se atribuye la maquinación contra Antonio Pérez y la princesa de Éboli, y a quien Miguel de Cervantes, durante su cautiverio en Argel, envió su celebérrima epístola en verso. El tío (llamado igual que él, Mateo Vázquez de Leca, apellido que llevó también Miguel de Mañara) se encargó del muchacho a la muerte del padre (tenía entonces nueve años) y encomendó su educación al cardenal Rodrigo de Castro. Alcanzada la adolescencia, Mateo se instaló en el palacio arzobispal, donde pasaban largas temporadas los sobrinos del titular. Luego, al fallecer el secretario, recibió en herencia una considerable fortuna, así como diversos cargos eclesiásticos bien remunerados, entre ellos el de canónigo de la catedral.

Joven, elegante, rico y protegido debido a su condición clerical y la relevancia de sus amigos, Mateo hizo estragos en la ciudad. Unos apuntan a que aprovechó la intimidad del confesionario para acceder a las mujeres que le gustaban (solteras y casadas); otros, que se sirvió de sus privilegios para acceder a los conventos y acosar a las novicias; hay quien sugiere incluso que pudo emplear el dinero de la Iglesia para corromper a las pobres que buscaban su ayuda como servidor de Dios. Dar crédito a estos rumores es cosa absurda porque nunca llegaremos a saber si son verdaderos. Lo único seguro es que el día del Corpus de 1602 –tenía veintinueve años– algo sucedió que le hizo cambiar de vida. La leyenda, recogida por Pedro de Camprobín en su cuadro *El caballero y la muerte* (obsérvense las cosas dispuestas encima de la mesa: naipes, guitarra, pistola, monedas y libros eclesiásticos), asegura que, encontrándose al atardecer en la catedral, decidió seguir a una esbelta joven cubierta con un velo que le hizo una señal con la mano cuando se marchaba. Acostumbrado a lances similares, Mateo fue tras ella a prudente distancia mientras se acercaban al campo de la Feria, lugar de cita de las parejas furtivas. Allí la estrechó entre sus brazos y, con intención de besarla, le pidió que se despojara del velo. Ella se negó, pero él, ansioso por ver su rostro, se lo arrebató. Lo que vio le hizo sentir escalofríos el resto de su vida: la muchacha no era la joven que había imaginado, sino la misma Muerte, con su descarnada sonrisa de calavera. Preso del terror, Mateo Vázquez salió corriendo como un niño asustado. Durante varios minutos deambuló por las estrechas callejuelas del barrio de Santa Cruz, hasta que se atrevió a aporrear la puerta de la casa de don Fernando Mata, el sacerdote al que decidió confiar su escalofriante experiencia.

No es preciso decir que este interpretó lo ocurrido como un aviso de Dios. La presencia de la muerte en forma de joven seductora era un modo de recordarle que no había tomado en cuenta que un día habría de morir y que el deber del cristiano es aprender a hacerlo. "Hay que estar preparado porque Dios nunca olvida a nadie, incluso aunque esté muerto; sobre todo si está muerto". La vida es pasajera. Olvidar que acaba y que cuando lo haga ya no podremos corregir lo hecho es vivir ciegamente. Hay que llegar al juicio final ligeros como plumas para que, cuando nuestro corazón sea sopesado, la balanza se incline a nuestro favor.

La posibilidad de que lo sucedido fuera producto de su imaginación, un delirio motivado por alguna causa desconocida, no se le pasó a ninguno de los dos por la cabeza. Hoy somos más escépticos con estas experiencias anormales, aunque también ocurren. Hemingway, en *París era una fiesta*, describe cómo le cambió el rostro a Scott Fitzgerald mientras hablaba con él en un restaurante:

> Los ojos se hundieron y se apagaron como muertos, los labios se adelgazaron tirantes, y el color de la cara se fue, dejando un matiz de cera de vela quemada. No fueron visiones mías. La cara se convirtió realmente en una calavera, o en una mascarilla mortuoria, ante mis ojos.

Por descontado que los dos americanos habían bebido mucho, aunque desconocemos cuál era el estado de Mateo Vázquez cuando se encontró a la luz de la luna con el esqueleto velado. Completamente seguros solo podemos estar de una cosa: que cambió de vida. De un día para otro dejó atrás las malas compañías y los vicios juveniles para entregarse en cuerpo y alma a obras piadosas. El retrato que años después le hizo Pacheco, suegro de Velázquez, junto a la Inmaculada, o el costoso encargo del *Cristo de la Clemencia* a Martínez Montañés, prueban la seriedad de su metamorfosis. Y no digamos su entusiasta participación en la Hermandad del Silencio, cofradía formada por personas que juraban la defensa de la purísima concepción, aún no convertida en dogma por la Iglesia. ¿Puede imaginarse algo más deliciosamente irónico por parte de la divina providencia que el hecho de que la persona que inspiró la figura de don Juan se convirtiera en acérrimo defensor de la idea de que la Virgen María fue concebida sin mancha, quedando de esa manera excluida de las turbias implicaciones del pecado original?

Los biógrafos de Mateo Vázquez se refieren a lo anterior como si se tratara de una patraña urdida por sus adversarios. Hasta cierto punto es lógico que piensen así porque, en efecto, nadie puede demostrar que las cosas acontecieran de tal manera. Todas las tentativas por aclarar el asunto han fracasado y están condenadas al fracaso. Su problema es que admiten únicamente como verdadero aquello que está documentado y, por razones obvias, existen asuntos que no lo pueden estar. ¿Qué clase de documentos acreditarían las calaveradas de un hombre que abusa de su posición para acceder a la intimidad de las mujeres? Si hoy, en la época de la información, resulta difícil verificar semejantes comportamientos, ¿cómo exigir lo mismo retrospectivamente? Dar por buena cualquier acusación es lo que hacen los inquisidores (el Tribunal de Justicia presupone la inocencia del reo, el Tribunal de la Inquisición su culpabilidad) y no es eso lo que pretendemos. De lo único que podemos estar seguros es de que Mateo Vázquez cambió de vida cuando estaba a punto de cumplir treinta años, al poco de morir el cardenal. "Los bríos de la mocedad −comenta uno de sus biógrafos− se transformaron en asco de las cosas terrenas". Desde luego, nada demuestra que hubiera sido antes un libertino, pero si se toma en cuenta lo dicho anteriormente sobre su condición de ahijado del arzobispo y amigo de su parentela, la sospecha razonable es que algo debió de haber. Mateo pudo haber sido el típico botarate acomplejado por su origen que, a fin de impresionar a sus camaradas, todos de la más alta alcurnia, osaba hacer lo que a ninguno se le pasaba por la cabeza. Como sus desafíos al honor contaban con el colchón de una protección superior y sus poses de gallito respecto de Dios se disculpaban con la inconsciencia de la edad y cierta mediocridad intelectual, sutilmente recogida en su retrato por Pacheco, tampoco hay que admirarse tanto.

Que la principal figura del movimiento concepcionista sevillano del siglo XVII sea la misma persona que inspiró al más grande libertino no es plato de gusto ni para los detractores de don Juan ni para sus admiradores. Personalmente, no encuentro nada inverosímil en que un sevillano de la época, después de haber pecado de mil maneras contra la carne, canalizara su arrepentimiento mediante la veneración de la pureza representada por la Virgen. La mala conciencia sabe dar en cada momento de la historia con una manera decorosa de aliviarse. Piénsese, por ejemplo, en la idealización de marginados y excluidos de nuestro tiempo. El peso que tuvo en Sevilla la idea de la inmaculada concepción equivale al que hoy tienen otros valores morales. En 1616, las tensiones a propósito del tema llegaron al punto de que el pueblo llano estuvo a punto de acabar con la vida de un religioso de nombre Molina que la rechazaba. No fue el único grave incidente ocurrido. Aunque la doctrina de la inmaculada concepción de la Virgen nació en 1300 con Duns Scoto, no devino dogma hasta el año 1854. Los sevillanos se identificaron tanto con ella que en el siglo XVII era imposible ingresar en una cofradía sin jurar su defensa. Probablemente haya que asociar esa actitud con la mentalidad de una sociedad para la que la procedencia familiar y la limpieza de sangre fueron algo muy importante. No digo que la devoción concepcionista tuviera la misma base psicológica que los delirios identitarios actuales, pero algo de ello había. En fin, de lo que no me cabe duda es de que, en aquellas circunstancias, que un arrepentido debelador de virginidades tratara de enjuagar su mala conciencia defendiendo la pureza original de la madre de Cristo no debía de sonar muy raro. Las vicisitudes de la vida de Mateo Vázquez después de su súbita transformación aquí no nos interesan. Sí, en cambio, su muerte, ocurrida en 1649, con setenta y seis años. De acuerdo con lo dispuesto por él mismo en el testamento, su cuerpo fue sepultado en la catedral de Sevilla, en la nave de San Pablo, junto a la reja del altar mayor. En 1653, pasada la epidemia de peste que tan terribles estragos hizo en la ciudad, se colocó una lápida de jaspe rojo sobre el sepulcro. Esta lápida fue retirada, como la mayoría de las inscripciones sepulcrales de la catedral, al ser cambiada su solería, no así sus restos. Localizarlos no sería difícil si, como asegura su primer biógrafo, el padre Aranda, el féretro conservara el retrato de cuerpo entero que mandó pintar dentro cuando vivía en la vecina plaza de Santa Marta. Por desgracia, nadie puede garantizar que se cumpliera la voluntad del canónigo, pues el retrato, o quizá una copia, fue visto en 1692 en el domicilio del arcediano de Niebla, Francisco Ponce de León. Por cierto, que esta costumbre de hacerse retratar en el fondo del ataúd estaba entonces bastante extendida y quizá el futuro reserve a arqueólogos y expoliadores descubrimientos inesperados y valiosos. Me consta, por ejemplo, que el sucesor de Mateo Vázquez en el arcedianato de Carmona, don Juan Federiqui, fue pintado de esa guisa por Valdés Leal. Solo imaginar los despojos del sacerdote sobre el lecho del ataúd donde fue representado por el maestro barroco de las postrimerías debe poner los pelos de punta a los marchantes especializados en la época.

Del que no tenemos mayor información es del otro don Juan. Si Tirso no miente, cayó en el sepulcro del comendador, arrastrado por este. Sus huesos, mezclados con los del hombre al que asesinó y por el que fue muerto, habría que buscarlos, pues, bajo la lápida de don Gonzalo de Ulloa. El problema es que el rey del drama, para honrar a su servidor, ordenó que el sepulcro se trasladara al ilustre convento de San Francisco el Grande de Madrid, el cual fue demolido en 1760 y vuelto a erigir en 1776 sin que quedaran restos de las tumbas allí reunidas desde el siglo XIV. Los huesos y calaveras depositados en aquel lugar, incluidos los de la insatisfecha mujer de Enrique IV el Impotente, comparten desde entonces la fosa común del olvido.

XI
LA TUMBA DE MADAME BOVARY

A Emma Bovary seguramente le hubiera gustado ser enterrada en un promontorio rocoso frente al mar, o en un lujoso panteón de un cementerio lleno de majestuosas estatuas funerarias, o bajo las pesadas ramas de un gran árbol plantado en su honor, como se acostumbraba a hacer en el norte de Europa, suponiendo que las raíces se mezclarían con el cadáver y este renacería en forma de savia. El destino quiso, sin embargo, que fuera en un lugar parecido al que conoció en vida: el camposanto de un triste pueblo de provincias, rodeada de muertos que nunca estuvieron vivos del todo y a los que quizá tampoco atrajo demasiado la expectativa de la resurrección. ¿Dónde exactamente? Nadie lo sabe a ciencia cierta. Cuanto queda de su sepultura es una modesta lápida desubicada a la que los admiradores de la novela que la inmortalizó añadieron el siglo pasado una breve inscripción sin otro objetivo que recordar su verdadero nombre e impedir que el olvido, siempre tan diligente, se saliera una vez más con la suya.

La lápida no se encuentra en el cementerio de Yonville, como suelen creer los lectores de Flaubert, sino en el de Ry, pueblo vecino de Rouen, donde fue sepultada. El novelista modificó este y otros datos a fin de evitar problemas con la familia. Sabedor de que una historia verdadera no pierde verosimilitud porque contenga algunas falsedades, introdujo en la novela indicaciones erróneas junto a otras correctas. A fin de cuentas, lo que se proponía como literato que había aquilatado su prosa de precisión viendo al padre hacer autopsias en el hospital era ser convincente. La destreza con que llevó a cabo la labor explica que haya todavía un montón de investigadores empeñados en buscar la sepultura de Emma en Yonville. Sus descripciones son tan minuciosas en el detalle que cuesta, por lo que se ve, aceptar que miente. El cementerio se encuentra, como él dice, a las afueras del pueblo, tras una larga cuesta de la que solo ha cambiado el nombre; su tamaño es hoy más o menos el mismo de entonces, cuando se añadió un terreno colindante para dar cabida a una población en aumento, y el número de enterramientos sigue siendo bastante mayor junto a la puerta de acceso que en el resto del complejo. Lo que no hay por ninguna parte es rastro de la tumba, y eso que las instalaciones no han sufrido cambios de relevancia. Flaubert se apartó adrede de la verdad. No digo que se inventara los hechos, que no lo hizo, pero sí que alteró las circunstancias en las que tuvieron lugar. Esto es lo que algunos se obstinan en rechazar con maniática obcecación. Olvidan que un novelista, cuando no se limita a relatar sin más una historia, sino que trata de volver inteligible alguna dimensión de la vida humana, escribe como hombre libre, no como periodista. Ser libre significa no obedecer a otros amos que la perfección y el sentido, alejarse de los acontecimientos reales tanto como sea necesario a fin de comprenderlos desde dentro. El propio Flaubert lo dejó claro en una de esas sentencias suyas que tuvieron que ocurrírsele mientras miraba al padre amputar piernas o trepanar cráneos: "El artista debe arreglárselas de manera que la posteridad acabe creyendo que jamás existió", desaparecer del texto "como Dios desapareció de la naturaleza".

Para quienes toman al pie de la letra la versión de Flaubert, la ausencia de vestigios de la tumba en el cementerio de Yonville es tan problemática y desconcertante como la presencia en Ry de una lápida con el nombre de Emma Bovary. Recuérdese que Charles ordenó amortajar el cadáver de su esposa con el mismo vestido con que contrajo matrimonio y los mismos zapatos blancos, introducirlo en un féretro de roble que debía embutirse en otro de caoba y luego en otro de plomo y, finalmente, adornar la sepultura con un mausoleo cuya figura principal era un genio portando una antorcha apagada. El hipotético descubrimiento del juego de muñecas rusas de los ataúdes y el más improbable de la mortaja nupcial confirmarían que estamos ante la tumba de Emma, pero para que ese supuesto hallazgo se produjera sería menester abrir antes decenas de féretros, algo que no parece posible. En cambio, lo que sí debería estar a la vista de todos es el mausoleo con la metáfora de la vida que se apaga como una antorcha. ¿Por qué no podemos localizarlo? Las personas que hayan acudido al sitio recordarán haber visto varias construcciones similares, pero seguro que ninguna exhibía el nombre de Bovary, ni tampoco las desafortunadas palabras que, a sugerencia del pedante Homais, farmacéutico de Yonville, se inscribieron como epitafio en el monumento funerario: *"Sta viator amabilem conjugem calcas"* ("detente, viajero, pisas el polvo de una buena esposa").

¿Acaso Charles Bovary eliminó de la sepultura toda referencia a su esposa cuando supo que ella, burlándose del destino reservado entonces a la mujer casada, había preferido hacerse feliz a sí misma a hacer feliz a su marido? Nadie puede responder con certeza a esta pregunta. Es de suponer que, para eludir la maledicencia de los vecinos, suprimiera las muestras de afecto más comprometidas e incluso el mismo nombre de la difunta. Todos podemos entender las ansiedades del cónyuge traicionado. El destino había dejado a Charles en difícil posición. Su amor por Emma, un amor sincero y puro, tan puro que era incapaz de embriagarla con él, lo había cegado hasta el punto de no ver a donde estaba ella llevando su matrimonio. Cuando la venda se le cayó de los ojos cansados de llorar la muerte de la que creía leal esposa, su primer impulso seguramente fue borrarla de la memoria. Aquellos deslices, descubiertos en medio del duelo, tuvieron que sumirlo en una loca desesperación. Su orgullo de hombre herido debió resentirse al comprender que mientras ella vivía no se olió nada. Ni siquiera fue capaz de prever el desastre económico que se avecinaba a causa de la pasión por el lujo de su esposa.

Pero no era fácil olvidar: Emma le había dejado una niña y un agujero en sus cuentas comparable solo al que le había hecho en el corazón. Aun así, extraña que fuera mucho más lejos de lo normal. De haber sido un tipo vengativo, cosa que no era, podría haber sustituido el epitafio de Homais por otro que aludiera a su deslealtad, aunque esto ciertamente lo hubiera desacreditado ante sus conocidos. Por desorbitado que sea el rencor de los deudos hacia el finado, ninguna sociedad consiente que en las lápidas sepulcrales figuren sus vicios o pecados (personalmente, solo conozco el caso de una tumba, del cementerio de San Michele de Venecia, en la que debajo del nombre del titular figuran estas palabras: "Nos dejó en paz el veinticuatro de..."). Seguramente Charles se limitó a borrar las grabadas inicialmente, cuando todavía creía en Emma. Aunque no podía imaginar la popularidad que alcanzarían los enredos amorosos de esta por culpa de la literatura, nada podía temer más en aquel momento que las habladurías del vecindario. ¿Quién le iba a decir que lo que borraría de la memoria de los hombres los pecados de su mujer y hasta su propio nombre sería el éxito de una novela protagonizada por una adúltera?

Y es que va ya siendo hora de decir que Charles Bovary no se llamaba en verdad Charles Bovary, sino Eugène Delamare;

y que Emma Bovary no era Gustav Flaubert, como dicen que este aseguró un día que le preguntaron por la persona de carne y hueso que inspiró a su heroína, sino Veronique Delphine Delamare, de soltera Couturier. La lápida del cementerio de Ry bajo la cual debería reposar el cadáver de Veronique si no llevara décadas fija en una tapia dice que estuvo en el mundo veintiséis años, del 17 de febrero de 1822 al 8 de marzo de 1848, y los archivos de la localidad confirman que era hija de un rico agricultor que la dio en matrimonio a Eugène Delamare, un médico rural discípulo del padre de Flaubert. Casado en primeras nupcias con una señora mucho mayor que él, se enamoró al enviudar de la que sería su segunda y última esposa, una joven hermosa y soñadora, pero también coqueta y derrochadora que, al aburrirse pronto de él, no dudó en entablar relaciones con otros hombres. La situación se volvió insostenible y cuando las deudas, imitando a sus amantes, la pusieron contra la pared, se suicidó envenenándose con una dosis letal de ácido prúsico. El marido, humillado y arruinado, la siguió poco después, igual que sucede en el libro de Flaubert para disgusto de W. Somerset Maugham, quien le reprochaba haber sido en este punto más fiel a los hechos que a su sentido estético no haciendo, por ejemplo, que la madre de Charles, quiero decir, de Eugène Delamare, le concertara un tercer matrimonio.

Los novelistas suelen alterar los nombres de sus personajes a fin de entorpecer la acción legal de quienes se identifican con ellos. Con madame Bovary esta precaución no sirvió de nada. Aunque los implicados no protestaron, entre otros motivos porque llevaban muertos varios años, la obra fue considerada inmoral por las autoridades. ¿Qué tipo de depravación puede llevar a un escritor a insinuar la posibilidad de que existan mujeres como aquella?, ¿acaso la sociedad, una sociedad sana, burguesa, imbuida de romanticismo, podía asumir que una madre y esposa se dejara arrastrar tan fácilmente por el deseo? Señoras Bovary debía de haber sin duda muchas, pero la mayoría permanecían en su lugar marchitándose, pudriéndose en el florero de un orden rutinario e inquebrantable del que ellas mismas solían ser las mayores defensoras. "Mi pobre madame Bovary sufre y llora en veinte pueblos de Francia al mismo tiempo y a esta misma hora", escribió Flaubert a su amante Louise Colet. ¿Le perdió su vanidad de escritor para sacarla de la oscuridad?, ¿fue incapaz de entender que hay asuntos sobre los que es preferible callarse?

No es cierto, sin embargo, que en el universo femenino de entonces todo fuera herbívora subordinación. La creencia en que las mujeres de la época se resignaban a pasar la vida herrando moscas o contando olas es completamente falsa. De las rebeldes, obviamente, se hablaba poco o, para ser más precisos, se hablaba en voz baja, pero esto no significa que no se hablara nunca. El suicidio de Veronique Delamare, por ejemplo, fue objeto de varios artículos en el *Journal* de Rouen. Cuando Flaubert publicó ocho años después la novela, olvidado ya aquel luctuoso suceso, abundaron entre los críticos las especulaciones acerca de la identidad de la persona real en la que se había inspirado. El número de candidatas fue escandalosamente alto. Contra lo que intentaban hacer creer los censores que denunciaron el texto, el adulterio estaba muy extendido en la sociedad francesa, sobre todo entre las clases altas. Que el régimen de Napoleón III, entonces en el poder, fuera considerado una especie de *pornocracia*, es un dato a tomar en cuenta. Críticos y periodistas sospecharon desde el primer día de dos conocidas mujeres del mundo de la cultura: la escritora Louise Colet, amante de Flaubert, y la legendariamente bella Louise d'Arcet, esposa del escultor James Pradier, quien antes de repudiarla por adúltera inmortalizó su cuerpo en la inolvidable *Odalisca* del Museo de Lyon. Y no fueron las únicas. Se barajaron otros muchos nombres más de *femmes perdues* en el catálogo de posibles Bovary cuyas peripecias eróticas eran de dominio público. De quien no se habló, curiosamente, es de la verdadera, Veronique Delamare, cuyo cuerpo fue enterrado sin ceremonia en un extremo del cementerio de Ry reservado a las suicidas, detalle que Flaubert omitió y que quizá pudiera ayudarnos hoy a localizar su cadáver. De ella solo se acordaban sus vecinos, los mismos que la denostaron mientras vivía a causa de sus desordenadas costumbres amorosas. Sea como sea y, dado que el adulterio femenino se consideraba entonces un grave delito, en realidad la única causa admitida de divorcio en Francia, llama la atención la cantidad de enredos de este tipo de los que tenemos noticia.

Pero no hay que ser mojigatos, y menos retrospectivamente. La sociedad defiende unos valores y luego practica otros. Los mismos críticos que despellejaban a Gustav Klimt acusándolo de rebasar en sus cuadros los límites de la decencia eran también sus mejores clientes. Siempre ha sido así. Claro que tal vez sea inexacto decir la sociedad y no, más bien, quienes se arrogan el derecho a decidir cuál es el camino que esta debe seguir para alcanzar no se sabe qué ideales: predicadores, moralistas, revolucionarios. El monopolio de la bondad, igual de obtuso en todas las épocas, lleva una y otra vez a los mismos errores. Cambian los ídolos, no las actitudes. El ser humano es como es y siempre encontraremos individuos que, a pesar de menospreciar la vida, sueñan con la inmortalidad. La beatería puede que se transforme, pero, como la materia, nunca desaparece del todo. Prueba de ello es que hoy, en una época que presume de poner a raya todo fanatismo, seguimos admitiendo tantos tabúes como nuestros antepasados. Existen asuntos que no se pueden nombrar sin dar un rodeo y menos bromear con ellos.

Homais soliviantaba a sus vecinos católicos recomendando, en interés de las buenas costumbres, sangrar a los sacerdotes una vez al mes. Algo parecido en nuestro tiempo ofendería gravemente a los afectados.

Volviendo al tema de la denuncia, llama la atención que el relato novelado de una historia ocurrida realmente y divulgada por los periódicos ocho años antes fuera objeto de investigación judicial. ¿Tan escandalosa resultaba en la Francia de mediados del siglo XIX la existencia de una mujer adúltera? Obviamente no. La sociedad francesa estaba habituada a este tipo de cosas y no era especialmente puritana, más bien lo contrario. Lo que escandalizó a las autoridades no fueron los hechos de la novela, sino la manera de contarlos. Si Flaubert decía que al leer las aventuras del Quijote le daban ganas de recorrer "un camino blanco de polvo y comer aceitunas y cebolla cruda", ¿no experimentarían las damas francesas cautivadas por su seductora prosa la tentación de adentrarse en la senda abierta por Emma Bovary? Era una posibilidad, desde luego. El libro de Flaubert podía abrir los ojos de muchas esposas que se sentían en el matrimonio como dentro de un ataúd. Acostumbradas a hacer un desierto a su alrededor para evitar las turbaciones de la vida —me refiero al deseo, al descontento, a la frustración, a la melancolía de los sueños incumplidos, a la amargura de la juventud que pasa sin pena ni gloria, a la soledad—, el encuentro con la historia de la señora de aquel bobo médico de provincias podía ser como un relámpago que iluminara de pronto la tiniebla.

La denuncia se interpuso, pues, inmediatamente, aunque, como era previsible, el juicio fue la típica pantomima que acostumbran a escenificar los tribunales de justicia cuando se mezcla lo legal con lo moral. Si el fiscal representó el papel de probo ciudadano horrorizado con las indecencias de la esposa adúltera y el abogado defensor esgrimió todo tipo de farisaicos argumentos en favor de la Ilustración, la libertad y la cultura, poco después los periódicos se dieron el gusto de revelar que el primero era aficionado a escribir versos priápicos y el segundo un meapilas de cuidado. El folletín de verdad no era el que narraba Flaubert, sino el de una sociedad hipócrita que se revolvía en sus autoridades contra cualquiera que osara desnudarla. Baudelaire padeció similares dificultades al publicar por aquel entonces *Las flores del mal*. Años después todavía tenían lugar sonados escándalos relacionados con la literatura y la pintura. Manet provocó uno considerable cuando presentó su *Olympia* al público, aquella putita de mirada descarada que a tantos buenos padres de familia debió resultar azorantemente familiar, y lo mismo le ocurrió a Gervex cuando se vio obligado a retirar *Rolla*, el cuadro que pensaba presentar en el Salón de 1878. ¿Cuántos en París no se identificaron con alguno de los personajes de esta pintura inspirada en un famoso poema de Alfred de Musset publicado en 1833?

Nosotros debemos evitar este punto de vista. Reducir la existencia de Emma Bovary a lo meramente sexual es una simplificación de predicador. Solo desde lo alto de un púlpito, agitando la mano de forma amenazadora, puede decirse de ella que cayó de la montaña del romanticismo al abismo de la carne o que tuvo el corazón en el clítoris. Aunque, a diferencia de las vecinas de Yonville, leyera novelas románticas y sus acciones, alentadas unas veces por el tedio, otras por el deseo, la convirtieran en una *évaporée*, nada autoriza a conectar causalmente ambas cosas y menos a convertirlas en fundamento de una explicación de su vida. Lo que caracteriza a Emma Bovary y la convierte en un modelo para cualquiera que sueñe con vivir plenamente no es que tuviera ilusiones y apetitos, sino que luchara a muerte por materializarlos.

Hemos hablado de tedio y deseo. El tedio, que Leopoldo Alas definió en *La Regenta* como nostalgia de lo infinito, fue en el caso de Emma añoranza de una vida imaginaria cuyos ideales no eran los de su círculo. La moral burguesa, austera y ascética, constituía para ella una limitación. Lo que alimentaba su imaginación haciéndola soñar con otra vida, una vida aristocrática, era el drama de las pasiones, la sensualidad desbordada, el placer de una elegancia despreciadora de lo convencional. Emma, o sea, Veronique, estaba personalmente tan lejos de todo esto como don Quijote de los torneos en los que se enfrentaban los caballeros andantes, pero, al igual que él, no podía pensar en otra cosa. ¿Quiso burlarse Flaubert de las novelas románticas del mismo modo que se burló Cervantes de las novelas de caballería? Yo no lo descarto, máxime si se tiene en cuenta que para comprender el siglo xix y el modo en que evolucionó el espíritu entonces —evolución que Flaubert, enemigo del progresismo, no aplaudía— la novela es tan decisiva como la Revolución Industrial, el surgimiento del movimiento obrero o los avances de la ciencia.

En cuanto al deseo y el amor ligado a él, ¿qué decir? Hay personas para las que apenas tiene importancia. Se casan, forman familias, incluso escapan a veces de ellas porque necesitan experiencias nuevas, pero, a pesar de todo, se trata para ellos de algo secundario. Son el dinero, el poder, las ideas, el trabajo los que mueven sus vidas. No era el caso de Emma. Para ella el amor era el centro alrededor del cual se organizaba lo demás. Un amor vehemente, apasionado, capaz de imantarlo todo. Los sentimientos moderados de la vida normal la aburrían. Por eso no podía soportar la vida que llevaba con su marido. Si aún es cierto lo que escribió Thomas Mann y "el hombre se embriaga a sí mismo con su deseo y la mujer pide y espera ser embriagada por el deseo del hombre", se entiende que el hastío fuera tejiendo en los rincones de su corazón la tela en la que luego cayó atrapada. La felicidad, como ella la veía, no era una mentira imaginada para desesperación de todo deseo, sino al contrario, algo alcanzable, por lo que valía la pena arriesgarlo y perderlo todo. De hecho, si sus amantes le hubieran ayudado a cancelar sus deudas, habría seguido haciendo la misma vida. El suicidio fue una prueba de coherencia. Cuando los predicadores marxistas le reprochan haber sido una heroína egoísta que no supo canalizar socialmente su rebeldía al buscar solo su satisfacción personal, ponen de manifiesto hasta qué punto les es extraño el misterio de la vida. ¿Acaso el anhelo de plenitud que acompaña al descontento puede ser aplazado hasta el día en que surja una humanidad nueva?, ¿no es eso precisamente lo que hacían los vecinos de Yonville en nombre de Dios?

Emma no se detuvo ante la puerta del pecado. La abrió sin dudarlo porque era la puerta que separaba la existencia gris que le había reservado el destino de la que soñaba al cerrar los ojos. Quien crea que hubiera sido distinto si hubiera sustituido el paraíso celestial por el paraíso terrenal de los revolucionarios, ignora lo que realmente significa deplorar cualquier forma de resignación, tener la resuelta voluntad de gozar aquí y ahora de una existencia plena. Probablemente Emma se equivocó al identificar la plenitud con los líricos desbordamientos de la pasión, pero ¿quién sabe de verdad qué es la plenitud?, ¿acaso no va esta siempre acompañada de la sensación de vivir al límite de las posibilidades? Ella no soñaba con ser Virginia Woolf o Simone de Beauvoir. Sus modelos eran Juana de Arco, María Estuardo o la bella Ferronnière, mujeres que cogieron la vida por los cuernos y no solo hablaron de ello. Las novelas románticas la habituaron a soñar. Como dice su biógrafo, le gustaba el mar por las tempestades y el verde solo salpicado entre ruinas. Porque le interesaba experimentar fuertes emociones, no perorar sobre ellas, jamás se vio a sí misma como una víctima, ni justificó sus acciones mediante el resentimiento. En rigor, lo hizo tan bien que ni siquiera fue Emma, este fue su disfraz, el sudario literario con que Flaubert amortajó su cadáver vestido de novia y enterrado en algún sitio reservado a los suicidas del cementerio de Ry, un pueblo normando que tiene pequeño hasta el nombre.

XII
LA TUMBA DE GREGOR SAMSA

S e ha dicho con razón que el despertar es el momento más delicado del día: hay que retomar la vida justo donde se dejó la noche anterior y esto no siempre resulta tan fácil como parece. Es lo que le ocurrió a Gregor Samsa la mañana en que amaneció convertido en un insecto. Los muebles del dormitorio permanecían en su lugar habitual, pero al abrir los ojos él ya no era el mismo que los cerró.

Nunca antes le había sucedido algo parecido, ni siquiera en sueños. Su existencia transcurría de acuerdo con un orden estricto. Había aprendido a supeditar sus acciones y sentimientos a las obligaciones sociales y jamás las infringía. La única excepción, probablemente porque le faltaba asentarse sexualmente, era el pequeño cuadro de la dama con visón y manguitos que había en la pared, un simple capricho que enmarcó personalmente a fin de regularizar sus reprimidas ansias de aventura. Por supuesto, no se trataba de la pintura original, su sueldo no le permitía soñar con semejante lujo. La imagen la había recortado de una revista donde se afirmaba que la dama representada era el arquetipo de la moderna mujer vienesa: "deliciosamente viciosa, encantadoramente pecadora, fascinantemente perversa". Klimt la había pintado tres años antes, en 1909.

A Gregor le costó aceptar la realidad de lo que vio al abrir los ojos: su vientre abombado segmentado por durezas con forma

LA TUMBA DE DIOS

de arco y multitud de delgadas patitas saliendo de ahí. Su primera reacción fue pensar que debía seguir durmiendo y concluir el sueño. Interrumpirlo abruptamente había sido una imprudencia. Claro que no estaba soñando: el sonido de las gotas de lluvia contra la plancha metálica del alféizar era demasiado real para dudar de él. Tampoco se sentía enfermo, en absoluto. Por eso pensó que quizá lo mejor sería esperar un poco en vez de perder los nervios. Fue al responder a su madre, quien le instó a levantarse, cuando empezó a preocuparse. Su voz no era en absoluto su voz. Tal vez si aguantaba un rato más en la cama sus fantasías acabaran desvaneciéndose. Nadie deserta de la condición humana así como así. El temor a perder el tren y llegar tarde a la oficina lo empujó, no obstante, a cambiar de planes e intentar levantarse.

Pero no fue fácil. Su cuerpo había cambiado y no podía dominarlo. La menor acción provocaba el desorden de los miembros. Debía tranquilizarse. Nadie está libre de sufrir alucinaciones. Durante la noche debió de caer en alguna trampa mental de la que ahora no sabía cómo escapar. Se le ocurrió entonces abrir la puerta y esperar la reacción de la familia. Igual todo estaba pasando solo en su cabeza. Pero el plan de mover el picaporte resultó más fácil de concebir que de ejecutar. ¿Y si pedía ayuda? Entre su padre y la criada tendrían fuerza suficiente para ponerlo en pie, aunque al recrear la escena en su cabeza no pudo evitar sonreírse (¿sonríen acaso los insectos?) imaginando lo grotesco de la situación.

Mientras consideraba sus próximos movimientos, se presentó en casa el gerente, preocupado no por su salud, sino por el retraso en la entrega de ciertos cobros que el jefe le había encomendado días atrás. Esto lo enfadó. Gregor siempre había cumplido estrictamente sus deberes. Entendía que su ausencia era difícil de justificar, pero cuando se conocieran las dificultades que tenía para desplazarse todos lo entenderían. Que al asomar el cuerpo a la sala provocara la huida despavorida del gerente, el desmayo de la madre y la violenta reacción del padre, turbado con el tamaño de la criatura, pone de relieve la dificultad que para él mismo tuvo que suponer reconocerse en su condición de insecto a escala humana.

La transformación, sin embargo, no había sido completa. Aunque en apariencia se trataba de una regresión a una forma de vida menos compleja, la conciencia seguía allí. Esto dificultó las cosas, pues primero necesitó que su cuerpo y su alma volvieran a acoplarse y después tuvo que asumir que su organismo hubiera perdido la sintonía con la realidad que hasta entonces identificaba como tal. Desde pequeño algo de él se resistía a encajar en el mundo, pero aquello era demasiado. Una cosa era sentirse un bicho y otra serlo. Sus circunstancias concretas no permitían presagiar nada por el estilo. Tras años comportándose como se esperaba de él, lo normal es que hubiera aprendido a integrar cualquier faceta de su personalidad. Algo oníricamente fuera de lo común debió de pasar aquella noche para que sus monstruos personales no se disiparan con la luz del sol. De todas maneras, seguía siendo el de siempre, Gregor Samsa, viajante de telas. ¿Acaso se concentró con demasiada intensidad en sí mismo y, al igual que las ostras, produjo con sus amargas reflexiones la monstruosa perla que ahora era?, ¿o es que llevaba otro ser en su interior que terminó emergiendo a la superficie y relegándole a él a las profundidades de la conciencia? La transformación, en cualquier caso, no hizo tambalear su confianza en la vida. En vez de huir y apartarse de la familia, pensó con alivio que ya no tendría que fingir más, pues todo cuanto escondía en su interior había encontrado la manera de exponerse a la luz.

¿Qué pasó aquella noche? Nadie lo sabe. Podemos imaginar a Gregor antes de dormir, tumbado mirando el techo, absorto en sus pensamientos, el típico carrusel de imágenes sueltas que precede al apagón de la conciencia. Quizá escuchó la voz del sereno o el taconeo de alguna buscona en la calle, pero, demasiado fatigado tras una larga jornada de trabajo, cuesta creer que algo de esto lograra despertar su atención. A medio camino entre la vigilia y el sueño, en ese punto en el que la realidad comienza a desvanecerse, tal vez evocó los problemas de la oficina o el encuentro casual en las escaleras con una mujer desconocida que le recordó a la dama de Klimt. ¿Entraría en la habitación la luz de las farolas de la calle? La posibilidad de que estuviera iluminada parcialmente añade a la situación otro nuevo elemento de horror, pues significaría que, de no estar dormido, Gregor habría tenido que notar cada cambio acontecido en su cuerpo mientras se producía. Pero no fue así. Su desgracia consistió en ser incapaz de retomar la vida donde la dejó antes de cerrar los ojos, perder su consistencia de hombre para transformarse en algo gelatinoso e invertebrado.

¿Cómo pudo producirse semejante fenómeno? Los especialistas no han ofrecido todavía ninguna solución satisfactoria. El material inconsciente puede irrumpir en nuestra conciencia provocando daños irreparables, pero, en general, no representa ningún problema porque estamos preparados para controlarlo. Solo los locos son títeres a merced de sus fantasmas. Para lo que no estamos preparados, en cambio, es para una metamorfosis. Nuestro cuerpo ha evolucionado demasiado. En otro tiempo se aceptaba quizá como posibilidad —la licantropía, por ejemplo—, pero hoy es evidente que se trata de una superstición. La transformación que sufrió Samsa no fue, desde luego, una metamorfosis.

Pero ¿y una especie de metempsicosis? Tampoco. La transmigración requiere el concurso de la muerte. Si él hubiera muerto durante la noche y acto seguido se hubiera reencarnado en un insecto, no habría conservado la conciencia. Lo cierto, sin embargo, es que nunca, ni en los momentos más confusos de su nueva existencia, se desconectó de la humanidad. El pudor con que reaccionaba cada vez que alguien entraba en el cuarto lo confirma. Los animales desconocen este sentimiento, viven como si todavía permanecieran en el paraíso. Aquel bicho que se ocultaba bajo el sillón cada vez que alguien aparecía por el cuarto era menos que un hombre, pero más que un simple insecto.

Sensatamente, Gregor optó por no hacerse preguntas que pudieran desembocar en una conclusión angustiosa. ¿De qué era símbolo aquel cuerpo horrendo?, ¿por qué perduraba su alma de hombre dentro de un organismo que bloqueaba cualquier pretensión de obrar humanamente? Pensar que su hundimiento en la insignificancia era un anticipo de lo que les ocurriría a millones de judíos veinte años después le hubiera resultado insoportable. Claro que tampoco hubiera podido comunicárselo a nadie. Transformarse en un escarabajo le había hecho entrar en un orden donde sobran las palabras. Cualquier cosa que intentaba decir se convertía en un silbido chirriante, más parecido al zumbido de los élitros que a la voz articulada. Despojado de esta, daba igual que tuviera o no alma, estaba listo para ser barrido cuando llegara el momento.

La reacción de la familia fue, no obstante, mejor y más generosa de lo que se dice. Basta con pensar en el comportamiento de Grete, la hermana. Desde el primer instante se preocupó por su bienestar. Lo primero que se propuso fue mantener en la medida de lo posible las costumbres de la casa. Había que encontrar la forma de integrar a Gregor en la normalidad. Para su pesar, tardó en advertir que él continuaba allí. Si lo hubiera sabido desde el principio las cosas habrían sido menos dolorosas. Durante algunos días lo trató como a un animal doméstico, con un cariño distante, no exento de temor y, a ratos, de repugnancia. Así al menos lo interpretó él. Sus padres, en cambio, aunque muy preocupados, habían dejado de inmiscuirse en sus asuntos y no se atrevían siquiera a penetrar en la habitación. Grete asumió la tarea de cuidarlo. Y no era tarea fácil: su aspecto le disgustaba, su hedor le resultaba insoportable y, cada vez que él hacía movimientos inesperados, no podía evitar dar un respingo. La situación se complicó todavía más cuando ella quiso sacar los muebles del cuarto para facilitarle los desplazamientos. Gregor tembló con la posibilidad. Se aferraba a su pequeño mundo como el viajero sediento se aferra en el desierto al espejismo que lo impulsa a seguir adelante. La madre, sabiamente, propuso dejarlo todo donde estaba a fin de impedir que perdiera sus antiguas referencias.

¿Era esto lo que le estaba sucediendo sin que él lo advirtiera? Sumido en una nada paradisiaca, Gregor notaba que eran cada vez más infrecuentes los efímeros momentos de lucidez. Para poner de manifiesto que estaba de acuerdo con la recomendación y los argumentos de su madre, se encaramó al cuadro de Klimt. Grete comprendió la intención, aunque no pudo evitar que la señora Samsa viera a su hijo bajo aquella apariencia monstruosa. Era la primera vez que lo hacía y el resultado fue un barullo de gritos, desmayos, idas y venidas que terminaron cuando el padre, armado con un frutero lleno de manzanas, obligó al hijo malherido con una de ellas a confinarse en el cuarto del que nunca debió salir.

Mantener abierta la puerta de la sala para que Gregor pudiera ver y oír a la familia reunida fue, con todo, una prueba de que seguían teniéndolo por un miembro de ella. Verdad que, debido a la fatiga que acumulaban, solían mostrarse poco animados. Los trabajos que ahora debían hacer para suplir el salario de Gregor apenas les dejaban tiempo para ocuparse de él. Con la reducción del presupuesto hubo que despedir a la criada y contratar a una viuda, una mujer de pelo banco y desgreñado, altísima y huesuda, a la que en ningún momento le extrañó la presencia de aquella criatura a la que los Samsa llamaban hijo. Gregor pensaba que la situación económica podría resolverse trasladándose a una vivienda más pequeña, una idea que todos compartían, pero ¿cómo moverlo sin llamar la atención? Que esto fuera un problema no le hizo gracia. El resentimiento empezaba a apoderarse de él y, en vez de ver las dificultades, pensó que si no lo movían era porque estaban más preocupados por el qué dirán que por su bienestar. A fin de cuentas, la cosa era tan simple como meterlo en una caja con agujeros para que entrara el aire y pudiera respirar.

La decisión de la familia para salir del aprieto económico fue aceptar tres huéspedes. A Gregor no le gustó nada la idea porque a partir de ese día sus padres y su hermana se trasladaron a la cocina, dejando la sala de estar a los inquilinos. La lejanía tuvo un efecto negativo, pues acentuó el proceso de pérdida de la identidad humana. Su conciencia se apagaba como una lámpara de gas y únicamente volvía a iluminarse cuando alguien la prendía de nuevo. La tarde que Grete empezó a tocar el violín –su sueño de hermano mayor había sido pagarle los estudios en el conservatorio– se sintió otra vez un ser humano. De hecho, llegó a preguntarse si podía considerarse en verdad un animal en vista de las emociones que experimentaba al escuchar la música. El entusiasmo le indujo a cometer la imprudencia de abandonar la habitación y dejarse ver por los extraños. Como era previsible, a estos no les agradó el espectáculo. Más aún, les pareció un escándalo. "En vista de la repugnante situación que reina en esta casa y familia [...]", comenzó a decir uno de ellos. Lo que les escandalizaba no era la presencia de un escarabajo del tamaño de un muchacho, sino la situación misma, o sea, la connivencia con ese bicho, el familiar comportamiento de los Samsa hacia él.

Generalmente damos por supuesto que cualquier existencia singular puede y debe encajar en las formas sociales establecidas, aunque esto solo ocurre plenamente cuando se trata de existencias mediocres, de individuos débiles que encuentran en el adocenamiento su fortaleza. Gregor no era así y, por eso, su vida resultó un fracaso. Los Samsa, ajenos a sus dificultades anímicas, jamás se preguntaron si aquello que le había sucedido a su hijo tenía algún significado. Quienes sí lo hicieron fueron los huéspedes, tres hombres normales y corrientes que quedaron atónitos con lo que vieron: la reencarnación monstruosa de un ser maldito, una especie de castigo, de humillación inexplicable cuyo origen debía de buscarse más allá del orden de las cosas humanas.

El episodio, de todas maneras, fue determinante para el desenlace de la historia, ya que animó a Grete a dar el paso decisivo: por mucho que les doliera, dijo, había que librarse de Gregor. En honor a la verdad, no empleó ya ese nombre, ni siquiera se refirió a él utilizando el pronombre, lo llamó simplemente "eso": "había que deshacerse de eso". Después de pensarlo largamente había llegado a la conclusión de que aquella criatura gelatinosa, maloliente y famélica no era su hermano. Pero lo era, claro que sí, aunque tan débilmente que cuando Gregor volvió a la habitación, apenas sin fuerzas debido al hambre (nada de lo que le servían le resultaba apetecible), todavía tuvo la lucidez de pensar que lo mejor que podía ocurrir a sus familiares es que muriera. Y eso, sin darle demasiadas vueltas, como un animal, fue lo que hizo acto seguido.

El cuerpo exánime lo encontró la asistenta a la mañana siguiente. La familia reaccionó con indiferencia, por no decir alivio. Se habían quitado un peso de encima. Del mismo modo que al principio les costó admitir que Gregor estuviera viviendo en el cuerpo de aquella criatura, ahora se negaron a aceptar que allí hubiera muerto su amado hijo. Visto retrospectivamente, y esto es lo que se hace cuando un hecho lo cambia todo, el fallecimiento de Gregor tuvo lugar meses atrás, aquella infausta mañana de domingo en la que, por primera vez, no pudo levantarse para acudir a la oficina. Nada de sorprendente tiene, por eso, que los Samsa se desentendieran del asunto y tuviera que ser la asistenta la que se ocupara del cadáver. Todos estaban cansados de la historia. Incluso Kafka, el escritor a quien debemos el relato de lo ocurrido, prefirió obviar el episodio del enterramiento. El problema, para quien se propone reconstruirlo, es que no disponemos del testimonio de los testigos. Habríamos tenido muchas más posibilidades de saber algo más si el señor Samsa no hubiera mandado callar a la asistenta cuando esta quiso contarle los detalles de la operación y, sobre todo, si no lo hubiera hecho con tan malos modos que ella se ofendiera y saliera de la vivienda dando un portazo para no regresar jamás, aunque lamentarlo un siglo después es una pérdida de tiempo. ¿Por qué el señor Samsa no quiso saber qué había hecho la asistenta con el cadáver? Sin duda porque ya no lo consideraba el cuerpo de su hijo. En otro caso le hubiera cantado el *kadish* y lo hubiera sepultado de acuerdo con los ritos establecidos. Sus órdenes fueron que los restos de la criatura se trataran como si fueran basura. El problema era que había que trasladar el bulto y, llegado el momento, explicar la desaparición de Gregor. Legalmente hablando estaba vivo y, por descontado, seguía siendo un ser humano. Los Samsa, prudentemente, prefirieron no comunicar nada de lo sucedido a las autoridades. Si estas hacían averiguaciones explicarían que su hijo estaba de viaje en el extranjero o que ignoraban su paradero. Pero ¿y el gerente?, ¿y los huéspedes? Cualquier comentario suyo podía tener consecuencias desastrosas. Tal vez por eso decidieron tomar el camino aparentemente más fácil y deshacerse del cuerpo con discreción, sin darle importancia, como se hacía entonces con los animales domésticos, cuyos cadáveres se arrojaban al campo o al vertedero municipal, lugar en donde también solían acabar los suicidas. Claro que, a la vista de las insólitas circunstancias que envolvieron todo el asunto desde el principio y, puesto que nadie podía descartar que el pobre Gregor no retornara después de muerto a su fisonomía original, el señor Samsa prefirió dar carta blanca a la criada para que procediera como considerara oportuno, enterrando el cuerpo o quemándolo a fin de no dejar vestigios de ninguna clase.

Pero ¿a dónde lo llevó? Trasladar una caja con un insecto de enorme tamaño a un horno público hay que descartarlo. Si deseaba evitar llamar la atención, y es lógico que así fuera, lo normal es que lo llevara al cementerio. Que el señor Samsa no quisiera saber nada de los detalles no significa que no hubiera ordenado el traslado a un recinto consagrado. Como el resto de la familia, era un hombre religioso. Ahora bien, descartado el viejo cementerio (lleno después de que durante cinco siglos fuera el único lugar de Praga donde se permitía sepultar a los judíos, pueblo cuya ley prohíbe destruir las tumbas o trasladarlas), lo razonable es pensar que la asistenta acudiría al cementerio nuevo, igual que hizo la familia de Franz Kafka cuando murió. El problema allí era encontrar un sepulturero que se prestara a romper el hielo con la pala para cavar una tumba donde ocultar a aquella inexplicable criatura. ¿Lo intentó? Yo lo dudo. Para cualquier empleado de la institución habría representado un riesgo innecesario, y no solo desde el punto de vista legal, también religioso.

Cuando la asistenta abandonó la casa de los Samsa, sosteniendo con dificultad la caja en la que reposaban los restos del bicho, probablemente pensó que no valía la pena molestarse demasiado con aquello. Ella no había conocido a Gregor antes de la transformación, es posible que ni siquiera creyera que tal cosa hubiera sucedido. Evidentemente, sus amos no estaban demasiado bien de la cabeza. ¿Encarnarse en un monstruo infrahumano, en un insecto? ¿Cabe imaginar un destino más abyecto, un fracaso existencial más grande? ¿Qué clase de persona tuvo que ser aquel individuo para que sucediera semejante aberración? Estas o parecidas consideraciones fueron a buen seguro las que se hizo aquella mujer mientras atravesaba los 169 metros del puente Svatopluk Čech (las ventanas de la vivienda de los Samsa caían sobre el Moldava) y buscaba después en la otra orilla alguna zanja a la que arrojar discretamente el cadáver e incinerarlo con rapidez. Yo sospecho que el lugar tuvo que estar cerca de donde hoy se alza la capilla de Santa María Magdalena, entonces treinta metros al sur, aunque es difícil hacerse una idea de cómo era aquel espacio, pues la zona fue reformada en 1956 para dejar sitio al monumento de un monstruo mucho más monstruoso que Gregor Samsa, un monstruo con aspiraciones demiúrgicas, ansioso por transformar la realidad: Joseph Stalin.

XIII

LA TUMBA DE DIOS

¿Cómo?, ¿que ha muerto?, ¿entonces era cierto lo que anunciaron los filósofos? Pero ¿hay pruebas de ello?, ¿y el cadáver?, ¿alguien lo ha visto? Porque, no nos engañemos, cuesta creer que algo así haya podido suceder: ¿cómo va a morir un ser que no existe, que nunca ha existido? Para existir hay que estar en el mundo, saltar al espacio y el tiempo, exponerse de algún modo, y Dios, que sepamos, jamás lo hizo, siempre estuvo fuera, en un más allá inalcanzable. Verdad que al menos una de sus manifestaciones adoptó un cuerpo y que ese cuerpo, torturado salvajemente, fue depositado en una tumba, pero aquí no estamos hablando de las personas divinas (ya saben, "persona", el nombre de la máscara teatral tras la cual ocultaban los actores griegos el rostro), hablamos de Dios, la sustancia que palpita bajo cualquiera de sus manifestaciones, ese actor anónimo que utiliza a veces una máscara y a veces otra, pero que jamás da la cara, nunca. ¿Puede Dios morir?, ¿de qué podría morir Dios?

Al hombre contemporáneo le entusiasma que algo así haya ocurrido. Experimenta con ello una frívola satisfacción. Que un ser del rango de Dios comparta con él las limitaciones de la existencia repercute positivamente en su autoestima. No es solo que fuésemos creados a su imagen y semejanza, es que lo hemos sobrevivido. Sobrevivir a un ser eterno no es, desde luego, cosa de poca monta.

Claro que en vez de mostrarnos exultantes con las consecuencias más o menos halagüeñas de la muerte de Dios, en particular eso que podríamos llamar nuestra hegemonía ontológica en el mundo, deberíamos esclarecer lo sucedido. Teóricamente, al menos, los seres todopoderosos no tienen fecha de caducidad. "Fuera de servicio" podría ser un epitafio idóneo en cualquier lápida excepto la de la divinidad. La costumbre de pensar nos pone aquí en un grave aprieto. ¿Cómo aceptar un hecho tan opuesto a los principios de la lógica? Una muerte normal y corriente, provocada por una enfermedad, un accidente o un crimen, sabríamos cómo abordarla, bastaría con encontrar la causa o seguir las pistas, a la manera de los detectives. El problema es que, si la lógica impera no solo en la realidad, sino también en el más allá, el más allá de la divinidad (algunos científicos, entusiasmados con ciertos hallazgos teóricos, aventuran que el más allá divino quizá se halle en ese punto ciego del universo descrito por Schwarzschild donde las leyes de la matemática y la física pierden sentido y pasado y futuro convergen en un instante), Dios únicamente podría morir de un modo: suicidándose. Nada ni nadie, salvo Él mismo, está capacitado para destruirlo. Acabar con Dios, llevarlo a la nada como Él llevó la nada al ser, es imposible. El diablo, su patético adversario, tal vez sea capaz de ensombrecer la creación con sus maquinaciones de mercachifle de almas, pero salir de ella y, una vez fuera, privar al Creador de su ser, aniquilarlo, es algo fuera de su alcance. O Dios muere por voluntad propia, y eso sería lo mismo que decir que la perfección no es tan perfecta como suponíamos, o no hay manera de impedir que siga siendo el que es eternamente.

El atraso de nuestra inteligencia, un postulado necesario si queremos seguir confiando en el futuro, quizá nos haga perder de vista algún detalle esencial, pero creo francamente que debemos descartar la alternativa del suicidio. La vulnerabilidad no puede encontrarse entre los atributos divinos. En la impotencia podemos caer los hombres, incapaces a menudo de hacer frente a las dificultades de la vida, pero ¿Dios?, ¿un ser todopoderoso? Por decepcionado que esté con su obra –y motivos no le faltan– debe haber otras opciones, algo menos aparatoso, menos melodramático. Por ejemplo, un ataque de hilaridad, algo como lo que mató a Zeuxis o Pietro Aretino. Lo malo es que para sufrir un colapso de esa naturaleza hay que tener un cuerpo y reír a mandíbula batiente. ¿Acaso Dios ríe?, ¿de qué iba a reírse Dios? Los teólogos siempre fueron muy estrictos con esto (y con todo): Dios no está para bromas. Claro que en la época en que se los tomaba en serio no abundaban los motivos de regocijo. Fue después, a partir del siglo XIX, cuando las cosas adquirieron el delirante (y desternillante) estilo que todavía poseen. ¿Imagina el lector las carcajadas de Dios al enterarse de que Hegel, orgulloso de haber llevado la filosofía hasta su meta, había sentenciado que todo lo real es racional y todo lo racional es real? ¿Y sus risotadas al saber que Marx, cansado ya de interpretar el mundo, proponía transformarlo en la propiedad privada del proletariado?, ¿o cuando supo que Nietzsche estaba haciendo circular el rumor de su muerte y, a la vez, poniendo en marcha ese sucedáneo de la trascendencia que es la noria del eterno retorno?

No me malinterpreten. Estoy bromeando. Se trata de una posibilidad, solo de eso. Personalmente, no creo que Dios muriera de un ataque de risa. Si algo lo mató –usemos la expresión *cum grano salis*, porque un Dios muerto no es menos Dios que un Dios vivo– debió de ser otra cosa, nada gracioso, sino más bien lo contrario, nauseabundo y criminal. Sí, han leído bien, criminal. Pero ¿no se dijo antes que esto es impensable? Cierto, aunque hay que tener en cuenta que lo que constituye un hecho indisputable para nosotros, la muerte de Dios, tal vez no sea un hecho para Él. Admito que semejante afirmación suena paradójica, una suerte de gato de Schrödinger metafísico, de superposición cuántica, pero es lo que tiene adentrarse en el laberinto de la teología. Los vulcanólogos bregan con problemas similares cuando hablan de volcanes: nunca pueden decir a ciencia cierta si están o no activos.

Pero mejor pasar por alto estas dificultades y, en vez de especular sobre el destino del cadáver, seguir al pie de la letra el ritual detectivesco y preguntar por el móvil del crimen: ¿por qué alguien ha querido la muerte de Dios? La respuesta es evidente: para suplantarlo. ¿Y qué clase de individuo tiene un concepto tan autocomplaciente de sí mismo como para presuponer que puede hacerlo? Descartado el sospechoso habitual (no el mayordomo, sino el diablo), todas las pistas apuntan a una figura típica del siglo XX, el *ideócrata*, alguien capaz de creer que el mundo está mal hecho y que su deber como ser racional es rehacerlo de acuerdo con sus ideas. Gracias a este tipo de personas hubo Estados totalitarios. Su instauración fue para la historia de la humanidad tan crucial como la pérdida del paraíso. Si los expulsados entonces fueron Adán y Eva, con ellos el que iba a quedar fuera sería Dios.

Podemos ahorrarnos los detalles. Más o menos todos sabemos lo que pasó, aunque quizá no todos tengamos claro que lo que pasó constituye el suelo sobre el que se asienta nuestra forma de vida. Para erigir un mundo nuevo había que destruir el anterior, hacer tabla rasa con la creación. El fin prioritario fue, por ello, el pueblo elegido. Matar a los judíos era una manera indirecta de matar a Dios. Pero no bastaba con esto, que era solo un primer paso, había también que extirpar el alma al resto de los hombres. El mal se ramificó entonces igual que una selva. La gente comenzó a ser asesinada como son asesinados en las películas los testigos casuales de un crimen: simplemente porque estaban allí. El humo de los crematorios de Auschwitz, el hedor de las fosas de Katyn, los efluvios radiactivos del hongo atómico, cada una de las emanaciones provocadas por la industrialización política de la tortura y el crimen, volvieron irrespirable la bóveda celeste. La torre de Babel alcanzaba finalmente su objetivo.

Los *ideócratas*, satisfechos porque el conocimiento supremo que se vanagloriaban de poseer los eximía de toda responsabilidad moral, cancelaron la distinción entre inocentes y culpables –una vez conquistada la eternidad era absurdo seguir manteniendo el bulo del juicio final– y, ejerciendo sobre la realidad un control totalitario, trataron de cambiar el curso de la historia. Lamentablemente, lejos de conducirla a su soñada plenitud, la pusieron delante de un abismo que intentaron salvar luego llenándolo de cadáveres como si, en vez de un abismo, se tratara de una fosa común.

La pregunta inevitable es: ¿cómo pudo escapársele a Dios el control de la creación?, ¿perdió en algún momento la omnisciencia? Mi sospecha es que, por difícil que sea entender esto, sufrió un despiste. A la omnipotencia deben acompañar interminables momentos de tedio. Quizá Dios se distrajo como el centinela que da una pequeña cabezada en el puesto de guardia y, cuando recuperó la normalidad y volvió a coger las riendas de la creación, el espectáculo que vio le resultó tan deplorable que lo rechazó enfadado. Si el mundo que había creado para el hombre, o mejor, si el hombre que había creado para el mundo, no funcionaba, ¿no debía renunciar a él? Descubrir que el ser destinado a juzgar su obra se había convertido en un monstruo le produjo probablemente un disgusto equivalente al que asalta al artista que, de pronto, advierte que lo que ha creado no vale nada. "¿Qué tengo yo que ver con los crímenes del mundo?", pregunta alguien en un poema de Babits. ¿Y Dios?, ¿qué tenía que ver Él?, ¿era culpa suya lo que estaba sucediendo en la Tierra?, ¿debería montar en cólera y destruir a la humanidad como pensó antes de prevenir a Noé del diluvio universal o simplemente apartarse de los hombres como quien arroja a la papelera un papel cuyo contenido ha dejado de interesarle? Muchos se quejan de la pasividad de Dios. Hubieran preferido que se hiciera notar como en las viejas tragedias, una aparición teatral, que aclarara de una vez por todas la historia. Sin embargo, y a menos que pretendamos acusarlo de solipsismo, no nos debería irritar su reticencia a intervenir en el mundo. El mal no es, en rigor, un asunto suyo. Tampoco tiene obligación de atajarlo. Dios jamás ha tomado sus decisiones para cumplir las expectativas humanas. Si en otras ocasiones lo hizo, en esta es evidente que no. Prefirió apartarse, volver a la nada previa a la creación. Aunque nosotros llamamos a esto muerte, para él debe de ser algo parecido a lo que hace el actor que abandona el escenario al concluir su papel y se oculta entre las bambalinas. "Que hayamos destrozado sus estatuas / que los hayamos expulsado de sus templos / no significa que los dioses estén muertos", canta Kavafis. Un dios que regresa a la nada no es un dios venido a menos. ¿O es que ausencia y presencia significan realmente cosas distintas para Él?

Admito que las últimas consideraciones resultan algo confusas. Hablar de Dios es como caminar sobre arenas movedizas. Las dificultades no son, sin embargo, exclusivas de la teología. El lenguaje está lleno de limitaciones. Niels Bohr comentó en cierta oportunidad que cuando se habla de átomos la lengua común es solo una forma de poesía. ¿Juega o no Dios a los dados?, y esos dados ¿están o no trucados? Arrojadas más allá de lo que hay, las palabras carecen de utilidad. Dios no es un objeto, sino una idea, y las ideas las carga el diablo. Uno reflexiona sobre lo que significa la divinidad, el ser donde se disuelven todas las contradicciones, y al instante advierte que para Él "ser o no ser", por ejemplo, no es en absoluto la cuestión. Esto paraliza nuestro intelecto y lo sume en el desconcierto. Los teólogos llevan siglos así. Su lenguaje lleno de alambicadas sutilezas se estrella una y otra vez contra las alambradas llenas de púas de lo concebible humanamente. Si Dios está más allá del ser y la nada, ¿cómo pensarlo? Tampoco para nosotros la tarea es fácil. El arqueólogo que busca la tumba de Dios sabe que si hay algo más difícil que matar a Dios es enterrarlo. Por eso es también consciente de que cuando descubra su sepultura no hallará allí nada que lo identifique, nada en absoluto, aunque esa nada sea, paradójicamente, más Dios que cualquier cosa que pudiera encontrar.

Esta fue, por cierto, la intuición que me llevó al memorial del campo de Majdanek, en Lublin, Polonia, donde ubico el cenotafio de Dios. Se trata, hablando oficialmente, de un cementerio entero donde yacen las víctimas de los *ideócratas*. Sus constructores, en vez de llenar una amplia extensión con túmulos y lápidas, prefirieron reunir los restos, amontonarlos para ser más precisos. Decir que allí reposa el cadáver de Dios seguramente disgustará a los teólogos. Pero yo no niego que sus restos puedan estar esparcidos en otros lugares (la muerte carece de poder para bloquear la ubicuidad divina). Si apuesto por este sitio no es porque haya descubierto algo divino en él, sino precisamente por todo lo contrario, porque no lo hay en absoluto. Basta con contemplar el revoltijo de cenizas y huesecillos humanos sepultados en sus instalaciones para entender que estos muertos nunca podrán recuperar su identidad, quiero decir, su alma inmortal. Evidentemente, no hay futuro ni justicia para ellos, tampoco para los demás, Dios ha muerto, cualquiera con ojos en la cara ve aquí que la nada es su ectoplasma.

¿Nada?, ¿no hay nada en Majdanek excepto los restos de las víctimas del totalitarismo? Oigo las protestas del lector y entiendo su decepción, pero tratándose de Dios hay que ser muy precavidos. Recuerde lo que le sucedió a Pompeyo en Jerusalén. Deseaba conocer el sanctasanctórum del templo de Salomón y pidió que se lo enseñaran. Los sacerdotes le dijeron que allí solo podía entrar el sumo sacerdote el día del Yom Kipur. Pompeyo preguntó entonces que quién se lo iba a impedir. Acto seguido entró. Lo que halló fue una estancia vacía. Ninguna imagen de Dios, ningún tesoro, nada de nada. Si hubiera sido más ducho en las cosas del espíritu habría intuido que aquel vacío venerado por el pueblo elegido terminaría imponiéndose a cualquier superstición fundada en el temor a un enjambre de divinidades vinculadas con las fuerzas de la naturaleza. ¿Acaso resulta plausible que Dios comparta con las criaturas las limitaciones de la existencia material?, ¿y no afecta esto también a su improbable cadáver?

El campo de Majdanek fue construido por orden de Himmler en 1941 para albergar a los prisioneros de guerra polacos. Dos años más tarde se convirtió en campo de concentración para todo tipo de prisioneros. He dicho prisioneros, pero hubiera sido preferible decir esclavos, pues las personas encerradas allí fueron obligadas a trabajar bajo condiciones inhumanas en la fabricación de munición y armamento. En 1944 se introdujeron cámaras de gas y hornos crematorios a fin de facilitar su aniquilación. Como campo de exterminio, disponía de los últimos adelantos, incluido el Zyklon B, un gas empleado solo en Auschwitz. Cuando el ejército rojo conquistó Majdanek y liberó a los prisioneros que parecían vivos (fantasmas con el alma atrofiada y la carne convertida en una especie de mugre mal pegada a sus esqueletos), las instalaciones pasaron a disposición de su servicio secreto (NKVD) y, de inmediato, fueron internados en ellas varios miles de resistentes polacos. La liberación, allí como en parte de Europa, consistió en un simple cambio de carcelero. Hitler ni deliraba ni bromeaba cuando comunicó a su plana mayor que proyectaba nombrar a Stalin gobernador de Rusia una vez derrotado y conquistado el país.

En la cuenta atrás para la destrucción del mundo, un proceso necesario a juicio de los *ideócratas* para hacer posible la realidad con que soñaban, la tortura desempeñó un papel sumamente importante. Nazis y comunistas no se conformaron con matar; preferían primero apoderarse de las almas de los enemigos y, después, cuando lo único que quedaba de ellos era su carne, destruirlos. El espíritu de los campos de concentración, que los soviéticos trasladaron a su vasto imperio, era impedir que nadie llegara a ocultar algo en el fondo de su alma. Los prisioneros eran sometidos a atroces vejaciones encaminadas a disolver su personalidad. Una desconfianza total en todo y en todos los convertía en almas en pena, sombras espectrales a las que ni siquiera la muerte infundía pánico. Los carniceros no consiguieron construir un mundo nuevo, pero sí destruyeron el viejo. Sobre ese desierto se alza el nuestro.

En junio de 1940, el compositor Olivier Messiaen fue hecho prisionero por los alemanes y trasladado al campamento de Görlitz. Como miembro del derrotado ejército francés, fue tratado con cierta consideración, nada que ver con lo que se hacía con los opositores de Hitler o con los judíos. De camino al campamento, pudo departir con el clarinetista Henri Akoka y mostrarle el boceto de una pieza sobre la que estaba trabajando: *Abismo de los pájaros*, la futura tercera parte de su estremecedor *Cuarteto para el final del tiempo*. La obra, rematada durante la reclusión y estrenada allí gracias a la inesperada tolerancia de uno de los carceleros, pudo interpretarse con la colaboración de otra pareja de músicos cautivos: el violinista Jean le Boulaire y el chelista Étienne Pasquier. El 15 de enero de 1941, en un barracón rodeado de nieve, ante varios cientos de soldados franceses apretujados para no congelarse, Messiaen explicó que la idea de la composición le vino mientras repasaba un pasaje del Apocalipsis: "Y cuando empiece a escucharse la trompeta del séptimo ángel, se consumará el misterio de Dios". Según la tradición bíblica, el séptimo ángel es el último de los ángeles mensajeros, aquel que anuncia a la humanidad el final de los tiempos. El propósito del compositor, católico con fuertes tendencias místicas, era dar esperanzas a los oyentes, hacerles ver que la muerte no acaba con todo, pues después del tiempo del hombre viene el tiempo de Dios, la eternidad.

La actuación fue sobrecogedora y causó un gran impacto. Era increíble que unos prisioneros hubieran encontrado en aquellas circunstancias ánimo para crear e interpretar semejante pieza. Bastaba con observar el deplorable estado de los instrumentos –clarinete, violín, violonchelo y piano, todos en pésimas condiciones, con varias cuerdas o teclas inservibles– para sentirse profundamente interpelado por la composición. Sus fluctuaciones rítmicas, la engañosa apariencia de atonalidad, el lirismo desgarrador de algunos fragmentos, reflejaban mejor de lo que ninguno esperaba la triste situación compartida por todos. Los bárbaros estaban conquistando el mundo y nadie era capaz de frenarlos. Salvo milagro, la civilización estaba perdida. La fatiga de los prisioneros, extenuados tras largas jornadas de trabajos forzados, debió de contribuir a acentuar la impresión de impotencia. Habían bajado a los infiernos y presumiblemente jamás encontrarían el camino de vuelta. La obra de Messiaen colocaba su dolor en otro plano, animándolos a reflexionar también sobre la trascendencia. Partiendo de la descripción del silencio armonioso del cielo, los arrastraba por la tierra devastada para conducirlos finalmente al paraíso. Era una composición espiritual, una teofanía, llena de nostalgia por un Dios que confiere sentido al universo.

Había que volver a confiar en Él. Este era el mensaje. Pero no todos lo entendieron así. Algunos interpretaron que el séptimo ángel no anunciaba el final del tiempo, sino el final de Dios, la muerte de Dios. "Y cuando empiece a escucharse la trompeta del séptimo ángel, se consumará el misterio de Dios". A fin de cuentas, los desolladores al servicio de la muerte los estaban obligando precisamente a ellos a cavar con sus palas en la tierra congelada la gran fosa donde pretendían enterrarlo. Messiaen había escrito el cuarteto como una oración. En vez de gritar "Padre, ¿por qué me has abandonado?", quiso sacar belleza de la escoria a través de unos sonidos necesariamente sombríos. Tal vez imaginó que si conseguía que la belleza volviera a aquel sitio donde estaban encerrados, si el brillo de la plenitud resplandecía por un instante sobre sus cabezas, todos comprenderían que la ausencia de Dios no era una muerte, sino algo distinto, un alejamiento, aunque ¿cuándo se ha visto que las víctimas no desesperen?

Poco antes de que lo encerraran en Auschwitz, donde murió asesinado por ser judío, Felix Nussbaum pintó *El triunfo de la muerte*, un cuadro en el que una banda de esqueletos toca música sobre las ruinas de la civilización. ¿Qué música interpretan estos esqueletos burlones? No es, obviamente, un réquiem (a esas alturas, 1944, Dios ya no cuenta para nadie, ha sido a todas luces derrotado, como demuestra en la pintura el esqueleto de un ángel con sus blancas alas desplegadas), ni un cuarteto al estilo del de Messiaen o del opus 110 de Shostakovich, pieza en la que se condensan cuarenta años de comunismo y en la que los instrumentos chirrían como si los intérpretes pensaran ahorcarse con sus cuerdas al concluir el concierto. Se trata de una música festiva y macabra, una danza carnavalesca. Los esqueletos celebran algo y, por eso, han escogido instrumentos de viento y percusión. Quizá desfilaron marcialmente antes de arrasarlo todo y ahora, cuando la ruina es absoluta, su música se ha vuelto dionisiaca. Felices bajo las tragicómicas cometas de los ideales que han echado a volar y sobre los fragmentos de la civilización devastada en su nombre, recuerdan con su pueril petulancia al *Übermensch*, el engendro nietzscheano que inspiró a los nazis y que ahora se venera en los laboratorios bajo el pomposo rótulo de *homo excelsior*. La idea de fondo es sencilla: hay que borrar en el hombre todo lo que recuerde su semejanza con Dios.

En el verano de ese mismo año, después de que fuera clausurado el campo de Bor, donde varios miles de judíos hacían trabajos forzados, el poeta húngaro Miklós Radnóti fue conducido de nuevo a su patria para ser deportado a un campo alemán en el que, con seguridad, sería exterminado. No llegó a pisarla porque a mitad de camino un oficial borracho, enojado al verlo garabatear algo en un cuaderno, lo golpeó hasta dejarlo casi muerto. Su estado físico no era ni sería ya importante porque el poeta, al igual que el resto de sus compañeros judíos, incapaces de avanzar debido a los terribles suplicios a que habían sido sometidos anteriormente, fue fusilado en el camino y enterrado en una enorme fosa común en el municipio de Abda, cerca de Györ. El último poema que escribió, quizá con las manos doloridas a causa de los golpes, dice así:

> Caí junto a él, junto a su cuerpo yerto
> y tenso como una cadena bien apretada,
> tenía un disparo en la nunca. 'Así acabaré yo'
> —me dije— 'acostado e inmóvil,
> como una flor que aguarda en medio de la muerte'.
> Entonces una voz cercana dijo desde arriba
> 'este salta todavía',
> mientras el barro y la sangre sellaban mis oídos.

La lengua del poema es el húngaro, pero la voz que escucha el poeta mientras lo entierran vivo se expresa en alemán: "*Der springt noch auf*". Año y medio después, los restos mortales de los judíos amontonados en aquella fosa fueron exhumados y en el bolsillo de la chaqueta de Radnóti apareció el cuaderno con el poema. Imre Kertész, el nobel húngaro, sostiene que estos textos póstumos bastarían para que su compatriota ocupara un destacado lugar en la literatura universal. Las circunstancias en que fueron escritos y en que luego aparecieron dan también que pensar, pues es como si la muerte, rebelándose contra los carniceros que la usufructuaban, hubiera hecho una excepción con él permitiendo una suerte de resurrección.

¿Se alzará también Dios de su tumba cuando los hombres, reducidos a las cenizas de lo meramente humano, exhumen la nada, el holograma de su omnipotencia?

AGRADECIMIENTOS

Quiero dejar aquí constancia de mi amistad y gratitud por su generosa ayuda a Ramón Andrés, Alfonso Armada, Ricardo Cayuela Gally, Juan Pablo Fusi, Juan Malpartida y Juan Villoro.

Título:
La tumba de Dios (y otras tumbas vacías)
© José María Herrera, 2022

De esta edición:
© Turner Publicaciones SL, 2022
Diego de León, 30
28006 Madrid
www.turnerlibros.com

Primera edición: mayo de 2022

Diseño de cubierta:
José Duarte / Imagen: istock_grafisphos

ISBN: 978-84-18895-62-3
DL: M-11347-2022
Impreso en España

La editorial agradece todos los comentarios y observaciones:
turner@turnerlibros.com